뺑덕의 사랑

추천사

　《심청전》에는 '뺑덕어미'가 있지만, 그녀의 아들 '뺑덕'의 이야기는 왜 없을까?

　이 소설은 모두가 알지만 누구도 깊이 생각해 보지 않았던 이 작은 질문에서 시작합니다. 작가는 우리가 잘 아는 고전 《심청전》에 현대적 해석과 대담한 상상력을 더해 새로운 이야기로 꽃피웁니다. 원전에서 탐욕스러운 인물로 그려졌던 '뺑덕어미'에서 영감을 얻어 '뺑덕(병덕)'이라는 새로운 인물을 만들어 냅니다. 뺑덕은 역모 사건으로 가문이 몰락하자 신분을 감추고 '벙어리 뺑덕' 행세를 하며 외딴 마을 도화동에 몸을 맡깁니다. 그리고 그곳에서 맑은 눈을 가진 열다섯 살 심청과 아름답고도 비극적인 사랑을 나눕니다.

　작가는 세심한 고증과 풍부한 상상력으로 원전의 빈 공간을 채우며 이야기에 놀라운 개연성을 부여합니다. 인당수에 몸을 던진 심청이 백령도 근해에서 뺑덕과 함께 표류하다 백 행수에게 구조되는 장면은 실제 해류와 지리 정보를 바탕으로 그려 낸 것입니다. 심 봉사의 재산을 탕진한 뺑덕어미의 삶이 왜 그렇게 흘러갔는지, 그녀 행동 뒤에 숨은 사연이 무엇인지를 설득력 있게 풀어냅니다. 나아가 끝내 이루지 못한 사랑과 비극적 삶의 조각들을 판소리에 녹여 아름다운 꿈으로 승화시킨 마지막 장면은 깊은 여운과 감동을 선사합니다.

《뺑덕의 사랑》은 고전문학이 어렵거나 지루하다고 여기는 독자들에게, 또는 익숙한 이야기를 새로운 눈으로 보고 싶은 이들에게 신선한 문학적 경험을 안겨 줄 것입니다. 우리가 알던 이야기 속에서 새롭게 발견되는 반전과 깊은 울림, 그리고 인간다운 삶에 대한 고민들이 소설 곳곳에 살아 숨 쉬고 있습니다. 작가가 새롭게 빚어낸 익숙하면서도 낯선 이야기, 그 아름다운 변주를 만나 보시길 바랍니다. 익숙한 옛이야기 속에서 미처 발견하지 못했던 보물을 찾아내는 즐거움을 느끼고, 주인공 뺑덕처럼 어려운 환경 속에서도 꺾이지 않는 의지로 자신의 길을 만들어 나가는 용기를 얻을 수 있을 것입니다.

김형태(경기과학고 교사, 전국국어교사모임 경기모임 회장)

차
례

추천사 … 4

소리, 기억을 부르다 … 9

기억, 지우지 못한 이야기 … 17

역관에서 역적으로 … 19
보호색 … 31
끊어진 실낱 … 38
벙어리와 봉사 딸 … 44
손수건 … 51
공양미 삼백 석 … 61
처녀를 삽니다 … 66
운명의 선택 … 76
두 마리의 새 … 87
비밀과 거짓말 … 95

장가방의 백 부자(父子)	… 101
가짜 오누이	… 111
봄나들이	… 116
꾀꼬리 한 쌍	… 124
위험한 부탁	… 129
진짜 오누이	… 135
효녀의 진심	… 142
오래된 비밀	… 147
기훈의 속내	… 154
삼 년 만의 귀향	… 161
뜻밖의 만남	… 170
떠나야 할 시간	… 176

이야기, 소리로 되살아나다 … 185

떠도는 이야기, 소리가 되다	… 187
뺑덕의 눈물	… 193
넝쿨내 소리판	… 201
소리는 살아 있다	… 207

소리, 기억을 부르다

좀처럼 보기 드문 으리으리한 잔치판이었다. 조선 각처의 상단에서 보낸 축하객과 청나라 항구도시 등주에서 바다를 건너온 손님들, 여각[1] 인근의 백성들에다 불러온 광대패까지 어우러져 그야말로 북새통을 이루었다. 두 채의 곳간에는 미처 속을 확인하지 못한 선물들이 차곡차곡 쌓여 갔고, 네 곳의 부엌에선 갖가지 먹음직스러운 음식들이 끊임없이 나왔다.

잔치판이 벌어진 곳은 평양 대동강변에 자리 잡은 유봉각[2]의 너른 마당이고, 잔치의 주인공은 등주의 거상 심 대인이었다. 이 여각은 겉으로는 우충석이라는 조선 사람의 소유이나, 그는 심 대인의 오

---

1 **여각**: 조선시대, 물품을 중개·매매하면서 그 상인들을 상대로 숙박업을 겸하던 업소.
2 **유봉각**: 유경(평양)에 있는 봉래(등주) 사람의 커다란 집이라는 뜻.

른팔이니, 실상은 등주 상단의 평양 지점인 셈이다. 유봉각이라는 이름에도 그러한 속뜻이 담겨 있었다. 이날의 떠들썩한 잔치는 유봉각 설치 마흔 돌과 심 대인의 회갑을 한데 묶어 축하하는 매우 뜻깊은 자리였다.

잔치판의 백미는 뭐니 뭐니 해도 광대패가 벌이는 연희다. 한바탕 풍물놀이가 왁자하게 하객들의 눈과 귀를 사로잡더니, 버나재비의 대접돌리기, 살판쇠의 땅재주, 어름사니의 줄타기 따위가 흥미진진하게 이어졌다.

그렇듯 잔치판이 무르익어 가는데, 광대패 가운데 가장 나이 지긋해 보이는 늙은 사내가 접부채 하나 손에 쥐고 놀이판 한가운데로 나섰다. 놀이판엔 북재비만이 늙은 사내 옆에 다소곳이 앉아 있을 뿐이었다. 늙기도 늙었거니와 몸피가 가늘어 병약해 보이기까지 하는 사내가 도대체 무슨 재주를 보여 주겠다는 것일까? 뭇사람들이 적이 근심스러운 눈빛으로 숨죽여 지켜보는데, 이윽고 사내가 소리를 뽑아낸다. 놀랍게도 그 소리는 유봉각의 너른 마당을 쩌렁쩌렁 울린다.

사랑 사랑 내 사랑이야 어허 둥둥 내 사랑이지
만첩청산 늙은 범이 살진 암캐를 물어다 놓고
이는 다 담쑥 빠져 먹들 못허고 으르릉 아앙 넘노난 듯

단산 봉황이 죽실을 물고 오동 속의 넘노난 듯

유곡 청학이 난초를 물고 송백 간의 넘노난 듯

북해 흑룡이 여의주를 물고 채운 간의 넘노난 듯

내 사랑 내 알뜰 내 간간이지야

오호 둥둥 늬가 내 사랑이지야.

목난무변 수여천의 창해같이 깊은 사랑

사모친 정 달 밝은 밤 무산천봉 완월 사랑

생전 사랑이 이러하니 사후 기약이 없을쏘냐!

너는 죽어 꽃이 되되 벽도홍삼 춘화가 되고

나도 죽어 범나비 되야

춘삼월 호시절에 네 꽃송이를 내가 담쑥 안고 너울너울 춤추거든

늬가 나인 줄만 알려무나…….

그가 부르는 것은 노래는 노래이되, 이야기가 담긴 노래였다. 이야기의 시종을 다 들려주는 것이 아니라 가운데 어느 한 토막만 부르는 듯한데도, 한 식경[3]이 훌쩍 지나가 버렸다. 심 대인은 딴전 한 번 피우지 않고, 이팔청춘 꽃다운 남녀의 애틋한 사랑 이야기에 젖

3　**식경**: 밥 한 끼 먹을 만한 시간. 요즘으로 치면 30분에 해당한다.

어 들었다.

이윽고 연희를 모두 마친 광대패들은 여각 앞마당 후미진 한쪽에 자리를 마련하고, 때늦은 저녁과 반주를 즐겼다. 날이 저물어 잔치를 파할 때가 가까워지자, 심 대인이 곁을 지키고 있던 우충석 행수를 불렀다.

"여보게. 아까 노래를 부른 늙은 광대를 좀 불러다 주게나."

"예, 어르신!"

우 행수는 사환 하나를 불러 귀엣말로 지시를 전했다. 그리고 조금 뒤 그 사환이 늙은 광대를 데리고 왔다. 심 대인은 머뭇거리는 광대에게 가까이 다가오라 손짓하고는, 거나하게 취기가 오른 목소리로 물었다.

"아까 자네가 부른 노래를 무어라 하는가? 내 일찍이 들어 본 시조나 타령과는 사뭇 다르던데. 마치 무슨 사연 있는 이야기를 구구절절 풀어 놓는 듯하니 말일세."

머리가 허옇게 센 늙은 광대는 대청마루 아래에 선 채로 머리를 조아리며 대답했다.

"그, 그것이 딱히 정해진 건 아니오나, 저희 광대들 사이에선 그저 '소리'라고 부릅지요. 쇤네처럼 소리를 맡은 광대는 소리광대 혹은 소리꾼이라 합구요."

"소리라, 그저 소리라……. 거 참 잘 어울리는 이름이로구먼. 허허허."

심 대인의 호탕한 웃음에 긴장이 풀렸는지, 늙은 광대는 고개를 들어서는 한결 밝아진 낯빛으로 말을 이어갔다.

"그렇습죠. 사람 입에서 나오는 것치고 소리 아닌 게 어디 있겠습니까요. 나리께 이리 여쭙는 것도 소리요, 걸지게 창을 뽑는 것도 소리요, 기뻐서 웃은 것도 소리요, 슬퍼서 우는 것도 죄다 소립지요."

"허니, 자네의 노래 속에 인간사 모든 소리가 두루 담겼다, 이 말인가?"

"잘 보셨습니다요, 나리. 사람의 소리뿐 아니라 개돼지나 풀벌레 우는 소리며 된바람 휘몰아치고 파도가 뒤채는 소리까지도 죄 담아낼 수 있습지요."

"인간사뿐 아니라 천지만물의 소리를 모두 담아낸다? 거 참 신통한 노래로구먼."

고개를 끄덕이던 심 대인이 사뭇 호기심 어린 눈빛으로 다시 물었다.

"한데, 아까 자네의 소리 속에 웬 선남선녀가 나오던데, 그네들은 어디 사는 뉜가?"

"예, 전라도 남원 고을에 사는 춘향이란 처자와 그 고을 사또의 자제인 이몽룡이란 총각입니다요."

"호오, 남원 고을에 참으로 그런 처녀총각이 살고 있다는 얘긴가?"

"아휴, 아닙니다요. 전부터 떠도는 이야기에 저 같은 소리꾼들이 가락을 붙인 것입니다요. 더러는 본디 이야기엔 없는 살을 붙이기도 합구요."

"떠도는 이야기에 가락을 붙이고 살도 붙였다? 허면, 지금은 아니더라도 예전에 그런 남녀가 진짜로 살았을 수도 있잖은가?"

"그, 그건 쇤네도 잘 모르겠습니다요."

잠시 적막이 흐른 뒤, 심 대인이 다시 입을 열었다.

"음…… 아무튼 오늘은 자네들 덕분에 아주 흥겨웠네. 그만 돌아가 푹들 쉬게나."

"아닙니다요, 나리. 저희 같은 것들을 불러 주시니 외려 쇤네들이 고마워할 일입지요."

늙은 소리꾼은 심 대인 앞에 두어 번 머리를 조아리고는 광대패를 이끌고 물러갔다.

그날 밤 심 대인은 쉬 잠을 이룰 수가 없었다. 벌써 사십 년을 훌쩍 넘긴 까마득한 옛일이건만, 자신의 청춘 시절이 바로 엊그제 일인 양 새록새록 떠올랐다. 어쩌면 오늘따라 과하게 들이켠 술 탓일 수도 있고, 아까 그 소리꾼이 기억의 심연을 한바탕 '소리'로 휘저어 놓은 탓일지도 모른다.

기억, 지우지 못한 이야기

역관에서 역적으로

도화동 무지렁이 뺑덕의 본디 이름은 병덕이었다. 빛날 병(炳)에 덕 덕(德). 아버지는 느지막이 얻은 둘째 아들이 재물이나 권세보다는 '빛나는 덕'을 지니길 바랐다.

아버지 조태봉은 조선 땅에서 한 손 안에 꼽히는 역관이었다. 그의 청국말 솜씨가 어찌나 유창하던지, 청나라의 어떤 벼슬아치나 장사꾼도 조 역관이 스스로 밝히기 전에는 그가 조선 사람임을 전혀 눈치채지 못할 정도였다. 빼어난 외국어 실력은 그에게 넉넉한 재물과 주위 사람들에게 무시당하지 않을 만큼의 벼슬자리를 안겨 주었다. 어린 병덕의 눈에 아버지의 청국말은 필요한 건 무엇이든 얻어 내는 요술방망이였다. 그 방망이가 평온하던 집안을 풍비박산내고, 아버지와 형의 목숨을 한꺼번에 앗아가리라곤 꿈에도 생각지 못했다.

병덕의 나이 열여덟 되던 봄, 평생을 '역관'이란 이름으로 살아온 아버지는 '역적'이란 이름으로 목이 잘렸다. 저승길은 그다지 외롭진 않았을 것이다. 큰아들 병욱이 동행하였으니 말이다.

창검을 든 포졸들이 조 역관네 집을 벼락같이 들이치던 밤, 병덕과 어머니는 서소문 밖 약전현[4]의 외가에 있었다. 어머니는 긴 병을 앓던 친정아버지 병구완을 위해 종종 약전현에 머물렀고, 그때마다 막둥이인 병덕과 동행하곤 했다. 그곳에서 병덕은 약초를 캐거나 손질하고 외조부 드실 탕약을 달이기도 했다.

조 역관네 집사인 우 서방이 기별을 들고 약전현에 당도한 것은 이튿날 동틀 무렵이었다. 쇠북이 서른세 번 울리고 도성의 대문들이 활짝 열리자마자 달려온 듯했다.

"병덕 도련님! 마님 모시고 얼른 여기를 피하셔야 합니다. 포졸들이 언제 들이닥칠지 모릅니다요."

역당의 무리가 청나라에서 총포와 화약을 들여오다 발각되었는데, 어찌된 영문인지 그 일에 조 역관과 병욱이 연루되었다는 것이다.

"그럴 리가 없네. 병욱 아버진 절대로 그런 짓을 벌일 분이 아니

---

4 **약전현:** 약초밭이 있는 고개라는 뜻으로, 줄여서 '약현'이라고도 불렸다. 지금 서울시 중구 중림동의 약현성당이 서 있는 언덕바지 일대가 그곳이다.

네. 그건 우 서방 자네가 누구보다 잘 알지 않는가?"

"물론입죠, 마님. 허나⋯⋯ 역모의 앞뒤 정황이 거미줄처럼 치밀하게 엮여 있는지라, 아무래도 빠져나오시기가 힘들 거라고들 합니다요."

병덕의 어머니는 앉은벼락을 맞은 양 멍하니 있었다. 이게 도대체 무슨 일일까? 생전 허튼 꿈 한 번 꾸지 않고 오로지 제 깜냥에 맞게만 살아온 양반이 어찌 역적이 될 수 있단 말인가? 무언가 잘못되어도 아주 단단히 잘못된 거야. 하지만 그 잘못을 바로잡기에는 시간도 재주도 없었다. 어머니가 할 수 있는 일이라곤 아들과 함께 허름한 옷으로 갈아입은 뒤 한시 바삐 한양 땅을 벗어나는 것뿐이었다. 병든 아비는 이웃 사람들에게 부탁하는 수밖에 다른 도리가 없었다.

모자는 우 서방을 따라 애오개를 넘어 삼개나루[5]로 향했다. 그곳은 늘 그렇듯이 크고 작은 장삿배와 고깃배들로 북적거리고 있었다. 한참을 두리번거리던 우 서방이 아는 얼굴이라도 찾았는지 한쪽으로 달려갔다.

"허 행수님!"

---

5   **삼개나루**: 마포대교 북단에 있던 조선시대 나루터.

"어? 조 역관 댁 우 서방 아닌가? 여긴 어인 일인가?"

허 행수[6]는 경상[7]에 속한 사람으로, 평소 조 역관이 청에서 들여온 비단이나 약재를 도맡아 처리하곤 하였기에 종종 왕래가 있는 사이였다. 허 행수의 거동을 보아 하니, 마침 경상의 장삿배 한 척이 출항을 앞두고 있는 모양이었다.

"그게, 저희 마님과 도련님이 어딜 좀 급히 가셔야 해서요. 한데 지금 이 배는 어디로 가는 겁니까요?"

"유상[8]과 거래할 인삼과 지물을 싣고 평양으로 가네만……."

"마침 잘됐구먼요! 저희 마님도 평양으로 가시는데. 미안하지만, 저희 마님과 도련님 좀 태워 주실 수 없겠습니까?"

"조 역관 나리와의 정리가 있는데, 내 어찌 마다하겠는가? 선장한테 그리 일러 둘 터이니, 어서 타시라 하게."

"예! 고맙습니다, 허 행수님."

소문에 빠른 장사꾼이라지만, 아직 역모 소식은 접하지 못한 게 틀림없었다. 우 서방은 천만다행이라 여기며, 모자가 있는 곳으로 돌아와 두 사람을 경상 장삿배로 인도했다.

"소인은 속히 처자식을 챙겨 어디로든 피해 있을 참입니다. 소나

---

6 **행수**: 한 무리의 우두머리. 요즘 회사로 치면, 부서장이나 지점장쯤에 해당한다.
7 **경상**: 경강(한강)을 중심으로 활동하던 조선시대의 상단.
8 **유상**: 유경(평양)을 중심으로 활동하던 조선시대의 상단.

기가 지나고 나면 소인이 마님과 도련님을 뫼시러 갈 터이니, 그때까지 부디 강건하십시오."

우 서방은 배에 올라타는 모자를 향해 깊숙이 허리를 숙였다.

경강에 몸을 실은 배는 수월하게 떠내려간다. 왼편으로 율도[9]가 지나가고 다시 오른쪽으로 난지도[10]가 지나간다. 얼마쯤 더 내려가니 쌍돛을 세운 우람한 배 한 척이 강을 거슬러 올라온다. 조정에 세금으로 바칠 쌀을 그득 실은 조운선이다.

'우리 조선은 삼면이 바다로 둘러싸여 있는 데다 육로가 발달하지 않아서 대량의 물화를 옮길 때는 주로 물길을 이용한단다. 조선 팔도에서 거둔 세곡과 온갖 공물들이 바로 이 경강을 통해 한양으로 모여드는 거란다.'

병덕은 아버지의 잔잔하고 그윽한 목소리를 떠올렸다. 문득 그 목소리가 지금 배 밑으로 유유히 흘러가는 경강과 닮았다는 생각이 들었다. 아버지는 병덕에게 참으로 많은 것을 가르쳐 주었다. 조선이라는 나라가 어떻게 돌아가는지, 청이나 왜 같은 주변의 나라들과 어떤 관계를 맺고 있으며, 수많은 물화들이 어떤 방식으로 나라 사이를 오가는지.

---

9   **율도**: 밤섬. 당시의 밤섬은 지금보다 면적이 넓고, 사람들이 거주하는 유인도였다.
10   **난지도**: 당시의 난지도는 양반들이 놀잇배를 띄우는 아름다운 섬으로, 꽃섬이라고도 불렸다.

이제 다시는 그 목소리를 들을 수 없다는 생각에, 갑자기 울컥 뜨거운 덩어리가 솟구쳐 목이 메었다. 역모라는 함정에서 스스로 빠져나오지 못한다면 결국 아버지와 형은 망나니의 칼에 목이 떨어질 것이다. 그리고 어머니와 나도 포졸들에게 붙잡히는 날엔 관노비 신세로 떨어질 것이다. 어디로든 피해야 산다. 우리 모자를 아는 사람이 아무도 없는 곳, 쫓아오는 이들도 찾기 어려운 곳 말이다.

배는 한참을 더 내려가 강화도 옆구리를 스치며 서해에 다다랐다. 한양에서 나서 한양에서 자란 병덕은 그때 바다를 처음 보았다. 하지만 이 바다가 앞으로 자신의 운명과 어떻게 얽히고설킬지는 짐작조차 할 수 없었다. 이제부터 배는 가급적 해안선에 바투 붙어 북서진한다. 뭍에서 멀어질수록 급작스런 사고에 대처하기가 어려워지기 때문이다. 한참을 그렇게 나아가는데 물살이 조금씩 거칠어지는 느낌이 든다.

"오늘은 그나마 서해 용왕께서 심기가 좀 편하신가 보네."

난간에 기댄 채 바다를 내려다보며 중얼거린 이는 오른쪽 뺨에 밤톨만 한 검은 점이 도드라진 사내였다. 아마도 경상에 속한 뱃사람인 듯했다. 저 혼자 하는 말인지 아니면 가까운 거리에 있는 아무나 들으라고 하는 말인지는 알 수 없으나, 병덕은 고개를 돌려 어머니를 바라보았다. 아버지와 형을 한꺼번에 잃게 생긴 판국에, 용왕의 심기 따위는 알고 싶지도 않았다. 그보다는 어머니의 심기가 더 걱정이다.

"예가 바로 인당수여, 인당수! 우리 같은 장사치나 고기 잡는 어부들 목숨 수십 아니 수백은 족히 집어삼켰을 인당수……"

점박이가 넋두리하듯 내뱉는데, 젊은 뱃사람이 다가오며 말을 건넸다.

"삼촌, 여기 계셨네요. 혼자서 무얼 그리 구경하세요?"

"칠복아, 지금 우리 배가 지나는 예가 바로 인당수다. 성미 급한 너희 아버지, 물고기들한테 자기 몸뚱이 보시한 곳 말이다."

"아아, 여기가……"

젊은이는 더 말을 잇지 못했다.

"저 앞을 봐라. 오른쪽에 바다를 향하여 뾰족하게 머리를 내민 곳이 장산곶이다. 서해의 바닷물이 뭍으로 밀려오다가 장산곶에 부딪히면, 어쩔 수 없이 해안선을 따라 남쪽으로 방향을 틀게 되지. 그런 다음 남쪽에서 밀고 올라오는 해류와 합쳐지면서 백령도와 대청도 사이로 빠져나가는 게야. 방금 왼편으로 스쳐 지나간 섬이 대청도고, 저기 왼편으로 다가오고 있는 섬이 백령도란다."

칠복이란 총각은 점박이 삼촌이 가리키는 대로 좌우를 살펴보았다. 어머니 옆에 붙어 앉아 있던 뺑덕도 무심결에 좌우를 둘러보았다. 지금 눈앞에 펼쳐진 바다는 흡사 거대한 강 같았다. 오른편의 뭍과 왼편의 섬들 사이로 거대한 강물이 유유히 밀려오는 듯했다. 자신의 몸통만큼이나 기다란 쌍돛을 치켜세운 배는 그 거대한 강물 위를 당당하게 헤쳐 나가고 있었다.

"이곳 인당수에 빠지면, 사람이든 물건이든 물에 뜨는 것들은 죄다 해류에 실려 가다가 백령도 남쪽의 콩돌 해안이나 그 언저리에 걸리게 되지. 네 아버지 주검도 거기서 찾아내 간신히 장사를 치를 수 있었단다. 칠복이 너도 이름과는 달리 팔자가 사나워 뱃놈이 되었다만, 제발 너만은 아버지 뒤를 밟지 마라."

"예, 삼촌……."

인당수를 굽어다보는 칠복의 낯빛이 검푸른 바다처럼 칙칙했다.

"본시 바다라는 곳이 인력으로 어찌해 볼 도리가 없는 곳이란다. 하여 우리네 뱃사람들은 해마다 한 차례씩 이곳 인당수를 지날 때, 뱃머리에 돼지머리 하나 떡 얹어 놓고 고사를 지내곤 하지. 서해 용왕님, 제발 덕분에 평안히 지나게 보살펴 주십시오, 하고 말이다."

지금껏 숱하게 바친 돼지머리들 덕분인지 그들이 탄 배는 무사히 인당수를 통과했다. 어느덧 하루의 일과를 마친 태양이 서쪽 바다에 지친 몸을 담그기 시작했다. 여전히 남아 있는 태양의 열기를 견디기 버거웠던지 하늘과 바다가 붉게 물들어 갔다. 배는 장산곶의 끄트머리를 돌아, 노을을 등진 채 북동쪽으로 머리를 틀었다. 바다 위에서 하룻밤을 항해하고는 동틀 무렵에야 대동강 어귀로 접어들었다.

강물을 거슬러 평양으로 향하던 배가 송림 포구에 잠깐 정박했다. 그곳에서 실어야 할 물건이 있는 모양이었다. 모자는 급한 사정이 생긴 양 둘러대며 무작정 배에서 내렸다. 송림은 대동강에서 황주천[11]이 갈라져 나가는 곳이다. 모자는 포구의 허름한 주막에서 국밥으로 허기를 면하고는 황주로 간다는 배에 올라탔다. 혹시 따라붙을지도 모르는 추쇄꾼[12]을 피하려면 발자국을 어지럽게 만드는 편이 유리하다.

배가 황주에 닿은 것은 늦은 오후였다. 깎아지른 절벽 위에 웅장하게 서 있는 월파루가 한눈에 들어왔다. 아버지는 연행길[13]에 오를 때마다 이곳 황주를 거쳐 간다 하셨다.

'황주에선 월파루의 풍광이 으뜸이지. 병덕이 너도 스무 살이 넘으면 아비를 따라 연행길에 나서 보자꾸나. 그럼 그때 아비와 함께 월파루에 올라앉아 황주천을 굽어보며 술 한잔 기울일 수 있을 게다!'

그 월파루를 이런 식으로 보게 될 줄이야!

황주 포구에 내린 모자는 막 떠나려는 나룻배를 간신히 잡아탔다. 배 안에는 이미 예닐곱 사람이 들어앉아 있었다. 기다란 삿대[14]

11 **황주천**: 대동강의 지류. 구포에서 발원하여 서흥, 황주 일대를 거쳐 송림에서 대동강과 합류한다.
12 **추쇄꾼**: 추쇄(推刷)는 도망한 노비나 부역, 병역 따위를 기피한 사람을 붙잡아 본래의 주인이나 본래의 고장으로 돌려보내던 일을 말한다. 그러한 일을 맡아서 하는 사람을 추쇄꾼이라 불렀다.
13 **연행길**: 조선의 사신단이 청나라 수도인 연경(북경)에 다녀오는 행로.
14 **삿대**: 얕은 곳에서 배를 움직일 때 쓰는 장대.

를 움켜쥔 늙은 사공이 마뜩찮은 표정으로 물었다.

"댁들은 뉜데, 이 배에 올라탄 게요? 이건 도화동 들어가는 배라오."

어머니는 짐짓 태연한 척 대답했다.

"예, 우리도 거기 가오."

"뭐, 그렇담 됐고! 뱃삯은 머리통 하나에 서 푼[15]씩이오."

사공은 뱃삯 여섯 푼을 받아 챙기고는, 힘줄이 불거진 팔뚝을 움직여 삿대질을 시작했다. 나룻배는 저무는 해를 뒤로 하고 황주천을 거슬러 올라갔다. 배 안에 탄 이들은 서로 잘 아는 사이인 듯했다. 아마도 도화동이라는 외진 마을의 주민들일 것이다. 모자는 힐끔거리는 그네들의 시선을 피하려고 무심히 흘러가는 강물에 눈길을 두었다.

다행히 오래지 않아 나루터에 당도했다. 잠자러 들어갈 집이 정해져 있는 손님들이 먼저 내리고, 집도 절도 없는 모자는 나중에 내렸다. 벌써 날이 어둑어둑해지고 있었다. 이 밤을 어디서 넘겨야 하나 걱정하는데, 나루에서 그다지 멀지 않은 곳에 등불이 하나 내걸렸다. 저 집은 필시 주막일 것이다. 이렇듯 외진 마을에도 나루터

---

15 **푼**: 조선시대 화폐 단위. 한 냥의 백 분의 일이다.

랍시고 주막이 있다니! 모자로서는 천만다행이 아닐 수 없었다.

그날 밤 주막에 묵는 손님은 병덕과 어머니뿐이었다. 모자는 인심 좋게 생긴 주모가 내주는 국밥을 한 그릇씩 비우고는, 아무도 없는 빈방에 나란히 누웠다. 어머니는 병덕에게 다짐을 받으려는 듯, 낮으면서도 비장한 목소리로 속삭였다.

"이제부터 네 이름은 뺑덕이다. 병덕이란 이름도, 조씨라는 성도 버린다. 아버지께 배운 청국말도, 서당에서 배운 문자도 네 머리에서 깨끗이 지워라. 무지렁이처럼 미치광이처럼 살아라. 그렇게라도 살아남아라. 이 어미는 무슨 짓을 해서라도 이 세상에 하나 남은 내 새끼를 지켜 낼 것이야. 어미 말 무슨 뜻인지 알겠느냐?"

사실 어머니는 자식을 셋 낳았다. 병욱과 병덕 사이에 여자애가 하나 있었다는데, 다섯 살 되던 해에 마마[16]님이 와서는 데려가 버렸다. 그 바람에 병욱과 병덕의 터울이 여섯 살로 벌어진 게다. 그런데 이제 와 장성한 맏아들마저 황천길로 앞서 보내게 생겼으니, 병덕에 대한 어머니의 집착은 너무나도 당연한 것이었다. 그러한 어미의 마음을 헤아렸기에 병덕은 조용히 대답했다.

"예, 어머니. 그리 하겠습니다."

---

16 **마마:** 집집마다 찾아다니며 천연두를 앓게 한다는 여신. 호구별성이라고도 한다.

뺑덕이란 이름이 썩 내키는 건 아니었다. 그것은 약전현의 외가 바로 옆집에 살던 '동네 바보' 팔복이가 병덕을 부를 적에 쓰던 이름이었다. 병덕이 외가에 머물 때면 하루가 멀다 하고 찾아와서는 "뺑덕아, 뺑덕아" 노래를 부르다시피 하였으니, 어머니에게도 그 이름이 귀에 익은 모양이다. 하지만 지금은 이름의 좋고 나쁨을 가릴 형편이 아니다.

보호색

뺑덕 모자가 황주 도화동으로 흘러든 건 봄꽃들이 지천으로 흐드러져 더욱 서러운 봄날이었다. 도화동은 한적하고 아름다운 마을이었다. 앞으로는 대동강의 지류인 황주천이 마을을 감싸 안듯 흐르고, 뒤편으로는 완만한 능선을 그리며 드러누운 와룡산이 든든한 뒷배가 되어 주는, 문자 그대로 배산임수의 길지였다.

뺑덕네는 와룡산 기슭의 임자 없는 오두막에 둥지를 틀었다. 밤이슬 피할 곳이라도 찾던 모자에게 그곳을 일러준 이는 도화동 주막의 귀덕어미였다.

"그 집은 예전에 황 포수라는 떠돌이 사냥꾼이 지은 거라오. 해마다 한두 차례 들러서는 두어 달씩 머물곤 하더니, 고만 발길이 끊긴 지 벌써 다섯 해구려. 워낙 겁 없이 싸돌아다니는 양반이라 어디서 호환을 당했든지 벼랑을 굴렀든지, 필경 이 세상 사람은 아닐 게요."

 집주인이 돌아올 일은 없을 터이니, 마음 편히 눌러살아도 좋다는 뜻이었다.

 본디 허름한 오두막인 데다 다섯 해씩이나 버려져 있었으니 사정이 오죽할까. 당장에라도 귀신이 튀어나와 반갑다고 인사해도 전혀 이상하지 않을 지경이었다. 귀신과 산짐승들의 놀이터가 되어 버린 오두막을 뺑덕 모자가 사람 사는 집으로 탈바꿈시키는 데는 꼬박 사흘이 걸렸다. 여기저기 드리운 거미줄을 걷어내고 집 안팎에 나뒹구는 짐승 뼈다귀들을 쓸어내고, 덜렁거리는 문짝을 고쳐 달고 짚을 얻어다 지붕을 새로 얹고, 앞마당을 점령한 잡초들을 뽑아내고 집 구석구석을 쓸고 닦았다. 끝으로 문종이 새로 바르고 아궁이에 불 지피니, 그제야 온기가 돌며 사람 살 만한 공간이 되었다.

 오두막 앞에는 손바닥만 한 마당이 있고, 열댓 발짝 떨어진 곳에 작은 텃밭이 있었다. 황 포수가 오두막에 머무는 동안 이런저런 푸성귀를 길러 먹던 곳인 듯했다. 말이 텃밭이지 수 년 동안 사람 손길이 닿지 않다 보니 두둑이 깎이어 고랑을 메꾸고 푸성귀보다 명줄 질긴 잡초들만 우거져, 그저 산비탈의 풀밭에 지나지 않았다.

 "우선은 예전 텃밭 자리를 중심으로 둘레의 산비탈을 개간해야겠어요. 내일부턴 뒷산에 들어가 나무도 좀 해 오고 쓸 만한 약초라도 있는지 찾아볼게요."

뺑덕은 일부러라도 더 기운을 내야겠다고 마음을 다잡았다. 자신이 축 처져 지내면 어머니는 더더욱 힘들 거라는 생각이었다.

"그래, 잘 생각했다. 넌 공연히 동네 사람들 마주쳐 봐야 좋을 것 하나 없으니 예 있거라. 어미는 마을에 내려가 삯바느질거리라도 알아보고 보리라도 한 되 얻어 오마."

뺑덕어미는 마을 쪽으로 내려가려다 고개를 돌려 말을 보탰다.

"혹시라도 마을 사람과 우연히 마주치거든 네가 조병덕이 아니라 무지렁이 뺑덕임을 잊지 마라."

"예, 어머니."

모자간의 역할 나누기는 자연스럽게 정리되었다. 힘쓰는 일은 혈기방장한 아들이 맡고 손과 혀를 놀리는 일은 초로에 접어든 어머니가 맡았다. 산기슭의 일은 아들이 맡고 마을을 오가야 하는 일은 어머니가 맡은 것이기도 했다.

그러한 역할 나눔은 나름 효과가 있었다. 뺑덕어미는 부잣집 안방마님의 위신과 체통을 완전히 지워 버렸다. 본디부터 농투성이나 장사치의 안사람으로 살았던 양, 도화동 아낙네들과 자연스레 어울렸다. 함께 수다도 떨고 술도 마시고 농 짙은 음담패설까지 거리낌 없이 쏟아냈다. 그런 뺑덕어미를 동네 아낙네들은 스스럼없이 편안하게 대했고, 동네 남정네들은 헤픈 과수댁쯤으로 만만하게 대했다. 덕분에 아무도 뺑덕네의 과거를 의심하지 않았으니, 뺑덕 어미의 그 같은 처신은 일종의 보호색인 셈이었다.

어미의 보호색이 천박함이라면 아들의 보호색은 바보 행세였다.

"결코 쉬운 일은 아니겠지만, 이제부턴 바보 뺑덕이로 살아야 한다. 무심결에라도 네 입에서 유창한 청국말이 흘러나오면 우리 둘 다 위험해진다."

"그깟 바보 행세, 하나도 어렵지 않아요. 약전현 팔복이처럼만 하면 되잖아요?"

가슴팍 한구석에 똬리를 튼 분노를 쏟아내기라도 하듯 산기슭 돌짝밭에 거칠게 괭이질을 해 대던 뺑덕은 잠시 일손을 멈추고 기억의 책갈피에서 동네 바보 팔복이를 끄집어냈다. 두 눈은 끔적끔적 입가는 실룩실룩, 이따금 콧김도 쿵쿵, 그러면서 혼자 소리까지 내 본다.

"빼, 뺑덕아. 워디 누룽지 같은 거 굴러대니는 거 못 봤남?"

자기가 생각해도 제법 비슷하다고 여겨져 큭큭 웃음이 나왔다.

바로 그때 괄괄한 목소리가 뺑덕의 뒤통수를 때렸다.

"어이, 자네! 이 근방 사는가?"

뺑덕은 먹은 적도 없는 인절미가 통째로 목구멍에 걸린 양 숨이 턱 막혔다. 컥컥거리며 고개를 돌려 보니, 험상궂어 보이는 사내가 성큼성큼 다가온다. 윗도리에 표범가죽을 걸치고 왼손엔 조총을

든 품새가 영락없는 사냥꾼이다.

"어, 어…… 어, 어더……."

혀와 입술을 요령껏 움직여 말을 만들어 보려 했지만, 제대로 된 소리가 입밖으로 나오질 않았다.

"뭐야? 허우대는 멀쩡하게 생긴 녀석이 벙어리인 게로군."

그 말에 뺑덕은 달싹거리던 입을 꾹 닫아 버렸다. 차라리 잘됐다 싶었다. 사내는 주위를 두리번거리며 혼잣말을 하듯 중얼거렸다.

"어허, 이거 참 낭패로군먼. 이 길로 올라오면 암자가 나온다고 했는데, 길이 끊겨 버렸으니……."

그때 뺑덕이 괭이를 잡지 않은 왼손을 쭉 뻗어 선녀바위 쪽을 가리켰다. 와룡산 한편에 땅거죽이 죄다 벗겨져 알몸을 드러낸 바위가 하나 서 있는데, 사람들은 지상에 목욕하러 내려온 선녀가 옷을 잃어버리는 바람에 승천하지 못하고 거기 붙들려 있는 거라고들 했다. 뭐 딱히 그 전설을 곧이 믿어서 그리들 말하는 것은 아니겠지만.

뺑덕의 손짓에 사냥꾼이 반색하며 되물었다.

"오, 그쪽으로 가면 몽은암이 나온다는 게냐?"

뺑덕은 말없이 고개만 힘껏 끄덕였다. 그곳에 가 보진 않았지만, 선녀바위 아래에 작은 암자가 있다는 얘기를 어머니한테 들은 적이 있다. 나이 지긋한 중 하나가 다 쓰러져 가는 암자를 홀로 지키며 사는데, 이따금 마을에 내려와 곡식과 찬거리 따위를 얻어 가곤 한단다. 이름 모를 잡풀에 뒤덮여 사람 다닌 흔적조차 남아 있지 않을 만큼 발길이 뜸한 암자인 것이다.

"쯧쯧, 귀는 말짱한데 어쩌다가 벙어리가 되었을꼬? 여하튼 고맙네."

표범가죽은 손인사만 까딱 하고는 부스럭부스럭 수풀을 헤치며 멀어져 갔다.

그날 뺑덕은 자신의 보호색을 바꾸기로 했다. 바보 행세보다는 벙어리 흉내가 한결 쉬워 보였기 때문이다. 어머니도 뺑덕의 선택을 반겼다.

"거 참 용한 생각을 해냈구나. 아예 벙어리가 돼 버리면 청국말이나 문자 따위 내뱉을 일도 없을 테니 말이다."

그 뒤로도 뺑덕은 이따금 사람들과 마주칠 일이 생기곤 했다. 나무하러 올라오는 사내, 산나물이나 약초 뜯으러 오는 여인네, 이 고을 저 고을 떠돌며 장사하는 등짐장수와 봇짐장수, 간혹 몽은암에 불공드리러 찾아가는 사람 따위가 그들이었다. 그때마다 뺑덕은 능숙하게 벙어리 행세를 했다. 뺑덕어미 역시 마을에서 만나는 누군가가 식구를 물어 오면, 벙어리 아들뿐이라 대답하곤 했다.

"이봐, 뺑덕어멈. 자네 아들 뺑덕이 말이야, 생각이 좀 모자라다고만 했지 벙어리란 말은 없지 않았어?"

"어휴, 반편이 주제에 말을 하면 무슨 소용이야? 괜한 소리 늘어놓아 속만 시끄럽게 할 텐데. 차라리 말 못하는 벙어리인 편이 낫지 뭐."

이렇게 둘러대면 그만이었다. 오래지 않아, 도화동 사람치고 와룡산 오두막에 깃들어 사는 불쌍한 과부와 벙어리 아들의 존재를 모르는 이가 없게 되었다. 도화동 주민들은 대체로 이 오갈 데 없고 의지가지없는 모자를 측은히 여겼다. 이따금 뺑덕어미에게 삯바느질거리를 맡기는 것도 뺑덕어미의 바느질 솜씨가 쓸 만해서이기도 하지만 홀몸으로 벙어리 아들을 키우는 처지가 딱해서이기도 했다.

끊어진 실낱

 모자가 도화동에 둥지를 튼 지도 한 달 남짓이 흘러 여름으로 접어들고 있었다. 하루는 뺑덕어미가 발목을 호되게 접질리는 바람에 바깥출입을 못할 지경이 되었다. 하는 수 없이 아들을 마을에 내려 보내야만 했다.
 "뺑덕아, 이것 좀 안골 유 생원[17] 댁에 전해 드리고 오너라."
 어미가 내민 것은 작은 보퉁이였다.
 "내일 아침에 생원 양반이 길차림하고 어디 다녀올 일이 있다고 하니, 해지기 전에 얼른 갖다 드려라."
 보퉁이 안에 든 것은 사나흘 전쯤 뺑덕어미가 맡아 온 유 생원의 나들이옷이다.

---

17 **생원**: 예전에 나이 많은 선비를 대접하여 그 성 밑에 붙여 이르던 말

"참, 생원 댁은 우물 삼거리에서 오른쪽으로 돌아 셋째 집이다. 혹시 오가는 길에 누구랑 마주치더라도 네가 벙어리임을 절대로 잊어선 안 된다."

"아, 알아요."

"조심해서 다녀와. 새벽에 발목만 삐끗하지 않았어도, 어미가 직접 다녀와야 하는데, 에구구……"

뺑덕은 어머니가 흘리는 신음 소리를 뒤로 하고 집을 나섰다.

뺑덕네 앞마당에 서면 도화동이 한눈에 들어온다. 마을의 중심은 동네 우물이 자리 잡은 삼거리 근방이다. 오두막이 있는 산기슭에서 마을 쪽으로 잡풀을 헤치며 얼마쯤 내려가다 보면 사람들의 발길이 만들어 낸 오솔길이 나온다. 그 길을 따라서 반 식경쯤 내려가면 수레 한 대는 족히 다닐 만한 번듯한 마을길에 닿는데, 그 길이 바로 도화동 주민들이 외지로 드나드는 주된 통로다. 동네 우물은 산에서 내려온 오솔길이 마을길과 만나는 오른편에 자리한다. 우물을 끼고 돌아 오른쪽으로 들어가면 도화동 안골 부락이고, 우물을 등지고 왼쪽으로 나아가면 밖골 부락이다. 안골에 삼십여 호, 밖골에 이십여 호가 사는데, 이 둘을 아울러 '도화동'이라 부른다.

안골과 밖골을 이어 주는 마을길 너머로 마을길과 나란히 흐르는 물줄기가 황주천이다. 황주천은 굽이굽이 흐르며 강폭을 넓혀 가다가 대동강에 흡수되면서 긴 여정을 마친다. 황주천은 도화동 주민들에게 바깥세상과 만나는 또 하나의 통로 구실을 한다. 하지만 그 통로가 늘 열려 있는 건 아니다. 닷새에 한 차례 황주 장날에만 나룻배를 띄우기 때문이다. 배가 떠나는 곳은 밖골의 나루터이고, 배 임자 겸 사공은 구두쇠 황 영감이다. 장날이 아닌 날에 사적인 용무로 배를 띄우려면 황 영감 손에 두 냥은 쥐어 주어야 한다. 쌀 한 섬이 닷 냥이니 결코 만만한 값이 아니다.

어머니한테서 옷 보퉁이를 받아 든 뺑덕은 발걸음도 가볍게 껑중껑중 마을로 내려갔다. 신바람이 나서가 아니다. 그렇게 좀 덜렁거려 주어야 바보 느낌이 잘 살기 때문이다. 뺑덕은 유 생원 댁에 이르기까지 마을 사람을 서너 차례 마주쳤다. 그때마다 뺑덕은 짐짓 어리숙한 몸짓으로 꾸벅꾸벅 인사를 했다. 개중에는 뒷산 오르내리는 길에 산비탈을 개간하는 뺑덕을 본 적이 있는 이도 있고, 과붓집 벙어리 아들을 말로만 듣다가 처음 보는 이도 있었다. 그들은 모두 뺑덕의 존재를 알고 있었지만, 뺑덕은 그들을 일일이 알지는 못했다.

여하간, 뺑덕은 말 한마디 하지 않고서도 얼굴 표정과 손짓만으로 무사히 옷 배달을 마쳤다. 날이 더운 데다가 첫 심부름에 긴장을 한 탓인지 목이 말랐다. 자연스레 걸음이 마을 우물 쪽으로 향했다.

우물 왼편에는 네모반듯한 나무 평상이 하나 놓여 있었다. 마을 사람들이 오며가며 쉬는 곳이다. 거기에 웬 사내 둘이 걸터앉아 무슨 이야기를 나누고 있었다. 옆에 부려 놓은 커다란 등짐으로 보아 이곳저곳 떠도는 보부상인 듯했다. 뺑덕은 왠지 주눅이 들어 조심스레 우물가로 다가갔다. 그러고는 우물가에 놓인 두레박을 집어 우물 속으로 드리웠다.

"에이, 망할 놈의 세상. 제 아무리 역적이라고 하나, 어찌 아비와 자식을 한자리에서 목을 벤단 말인가?"

둘 가운데 머리가 희끗희끗한 사내가 목청을 높이자, 젊은 사내도 지지 않고 대거리를 했다.

"아, 그러게 누가 역적질을 하래요? 죄를 지었으면 죗값을 치르는 게 마땅하지 뭐."

"쯧쯧…… 아직도 조정에서 하는 말을 곧이곧대로 믿는 순진한 백성이 있네그려. 내가 듣기로는 그 역모라는 것도 부원군[18]과 외척들이 이조판서 세력을 찍어 내리려고 꾸민 것이라네. 고래 싸움에 새우등 터진다고, 거 애꿎은 역관 부자만 개죽음을 당한 게지."

그 소리에 뺑덕은 그만 두레박을 손에서 놓치고 말았다. 물이 그득 차 있던 두레박이 우물 바닥에 나동그라지면서 사방으로 물이 튀었다. 뺑덕은 벼락이라도 맞은 것처럼 그 자리에서 옴짝달싹 할

---

18 **부원군**: 조선 시대, 임금의 장인이나 정일품 공신에게 주던 작호.

수가 없었다. 둘 중 젊은 사내가 뺑덕을 의식한 듯 늙수그레한 사내의 옆구리를 쿡 찌르며 말했다.

"어허, 이 형님이! 주둥이 함부로 놀리지 마슈. 형님은 뭐 목숨이 서너 개쯤 된답디까?"

"아이고, 비가 오시려나. 어째 하늘빛이······."

늙은 사내가 멋쩍은 표정으로 먼저 일어서자 젊은 사내도 따라 일어섰다. 그러고는 이내 서로의 등짐을 지워 주고는 황급히 자리를 떴다. 그제야 뺑덕은 다리에 힘이 풀려 바닥에 털썩 주저앉았다. 방금 엎질러진 물에 바지가 축축이 젖어 들었다.

뺑덕은 어머니의 꿈 이야기를 떠올렸다. 도화동에 들어온 지 며칠 지나지 않은 때였다. 새벽에 잠에서 깬 어머니가 이런 이야기를 했었다.

"아무래도 너희 아버지랑 형은 딴 세상으로 갔나 보다. 꿈에 둘이 나타나서, 눈부시게 새하얀 옷을 차려입고 나타나서, 나한테 손을 흔드는 거야. 요렇게, 요렇게······."

어머니는 오른손을 들어 힘없이 흔들어 보였다.

"왜 그러느냐고, 우리만 놔두고 어딜 가려는 거냐고, 내가 막 소리를 질렀는데, 대꾸는 하지 않고 요렇게 요렇게 손만 흔들면서 멀어져 가더라."

어머니는 그때 이미 체념한 듯 보였다. 그 이야기를 듣고서도 뺑덕은 실낱같은 희망의 끈을 놓지 못했다. 그래도 아직은 모른다고, 나중에라도 누명이 벗겨져 풀려나실 수도 있다고, 그럼 온가족이 다시 만나 얼싸안고 웃을 날이 올 거라고. 하지만 이제 그 실낱마저 싹둑 잘리고 만 것이다.

집에 돌아온 뺑덕은 어머니한테 아무 말도 전하지 않았다. 아니, 굳이 전할 필요가 없었다. 어머니는 이미 오래전에 깨달은 사실을, 자신은 미련을 버리지 못하고 있다가 이제야 깨우친 셈이라고 생각했다. 그러니 달라진 것은 없다고, 어머니랑 단둘이 남은 세월을 헤쳐 나가는 수밖에, 다른 길은 없다고 스스로를 다독였다.

벙어리와 봉사 딸

 뺑덕어미의 상한 발목은 쉬 차도를 보이지 않았다. 뺑덕이 산에서 쇠무릎지기[19]를 뜯어다가 짓찧어서 다친 발목에 감싸 주기도 하였으나, 크게 나아지는 기미는 없었다. 하는 수 없이 뺑덕은 내키지 않는 마을 나들이를 몇 차례 더 해야만 했다. 그렇다고 아픈 어미 앞에서 싫은 내색을 할 수도 없는 노릇이었다.

 그날은 어머니의 바느질삯으로 안골 어느 집에서 콩 두어 되를 받아 가지고 집으로 돌아가는 길이었다. 우물을 끼고 돌아 산 쪽으로 곁가지처럼 뻗어나간 오솔길로 접어들었는데, 어디선가 노랫소리가 들려왔다.

---

19 **쇠무릎지기**: 약초의 한 가지. 발목이나 손목 삔 데 잘 듣는다.

벙어리 뺑덕이 장님 심 봉사

말 못해 어버버 앞 못 봐 탁탁탁

알나리깔나리 알나리깔나리.

뺑덕은 재빨리 주위를 둘러보았다. 열댓 걸음 떨어진 곳에 널찍한 너럭바위가 하나 있는데, 그 위에서 열 살 남짓한 사내아이들 셋이 퍼질러 앉아 작대기로 바위를 두드리며 이상한 노래를 불러 대는 것이었다. 개중 한 녀석의 눈이 뺑덕과 마주쳤다. 녀석은 씨익 웃더니 목청을 더 높였다. 지금 오솔길로 접어든 저 총각이 바로 벙어리 뺑덕임을 알고 있다는 눈치였다.

뺑덕은 짐짓 자기랑은 아무 상관없는 노래인 척하며 재게 발길을 옮겼다. 처음엔 번듯하던 길이 시나브로 좁아지다가 끝내는 뺑덕네 오두막에 닿기도 전에 잡초에 뒤덮여 사라져 버린다. 길이 사라졌다고 해서 사람들이 갈 바를 모르는 것은 아니다. 사라진 길 위에도 보이지 않는 길이 있다. 도화동 사람들은 산짐승 못지않은 감각으로 그 길을 찾아서 뒷산을 오르내리는 것이다. 하지만 뺑덕은 오늘따라 길이 끊긴 자리에서 멍하니 서 있었다. 저만치에 자기 집이 빤히 보이는데도 두 다리는 길을 잃은 듯했다.

얼굴도 이름도 모르는 어린것들이 자신을 놀리는 노래를 지어 부르고 있다니! 기가 막혔다. 그렇다고 딱히 화가 나는 건 아니었다.

자신이 진짜 벙어리라면 부아가 치밀 일이나, 그건 단지 위장 전술일 뿐이니 신경 쓸 것 없다고 스스로를 다독였다. 하지만 뒤통수에 붙어 끄나풀처럼 달랑거리는 궁금증이 하나 있었다.

"어머니, 도화동에 장님이 사나요?"

"그건 왜?"

"아니, 오다가 사람들이 심 봉사 어쩌고 하길래요."

"있지, 심 봉사라고. 성이 심가라서 그리 부르나 보더라."

"어떤 사람이에요? 진짜 하나도 못 본대요?"

뺑덕어미는 의아하다는 눈빛으로 아들의 얼굴을 들여다보았다. 그도 그럴 것이, 도화동 뒷산에 둥지를 튼 뒤로 지난 두 달 동안 뺑덕은 아랫마을에 관해서는 아무것도 궁금해하지 않았다. 마을 사람들과 섞이면 섞일수록 자신에 관한 것들이 하나둘 드러날 수밖에 없고, 그리 되면 자신과 어머니의 운명이 위태로워진다고 생각했기 때문이다. 심심하면 책 대신 흙을 읽고, 외로우면 친구 대신 씨앗이나 새싹과 이야기를 나누었다. 뺑덕은 벙어리라는 보호색이 참으로 편했다. 그 보호색은 마을 사람들과 섞이는 것을 막아 주는 방벽이기도 했다. 뺑덕은 그 방벽 안에 스스로를 가둔 채, 바깥세상에 관하여는 알고자 애쓰지 않은 것이다. 그런 뺑덕의 마음을 잘 알기에 어머니도 아들에게 마을에서 보고들은 자잘한 일들을 시시콜콜 이야기하지 않았다.

"네가 웬일이냐? 심부름 다녀오는 길에 무슨 일이라도 있었던 게야?"

"아니에요. 앞 못 보는 봉사라니까 딱해서 그러죠."

"딱하긴 뭐가 딱해!"

뺑덕어미의 말투가 갑자기 싸늘해졌다.

"하나뿐인 딸자식 죽도록 고생시키며 거머리처럼 들러붙어 사는 한심한 늙은인데."

"딸이 있어요?"

"그래. 청이가 올해 열다섯이라지, 아마."

"이름이 청이군요, 심청……"

그 짧은 순간에 뺑덕은 생각했다. 이름이 참 맑고 곱다고.

"그래. 제 어미가 죽기 전에 그리 지었다더라. 눈망울 청(晴) 자를 넣어서. 자기는 고만 세상을 뜨더라도 딸자식이 자라 눈먼 아비 눈동자 노릇을 할 거라고……"

"그럼, 청이라는 아이 엄마가 일찌감치 돌아가셨나 보군요?"

"글쎄, 애 낳고 열흘이 못 되어 산후풍[20]으로 세상을 떴다더라."

"산후풍요?"

"지아비라는 작자가 뵈는 게 없다는 핑계로 손 하나 까딱하질

---

20 **산후풍**: 아이를 낳은 뒤에 한기가 들어 몸을 떨고 식은땀을 흘리며 앓는 병.

않으니, 갓 해산한 여자가 밥 짓고 빨래하고 갓난애까지 건사하느라 동동거렸겠지. 그러니 여인네 몸뚱이가 뭐 무쇠도 아니고 어찌 배겨나겠니? 에이, 망할 놈의 영감태기. 봉사[21]가 뭐 진짜 벼슬이라도 되는 줄 아나?"

"근데 청이 어머니는 왜 장님이랑 혼인했대요? 멀쩡한 사내들도 얼마든지 있었을 텐데."

"그게, 지금이야 심 봉사네가 지지리 궁상이지만 청이 할아버지 살아 계실 적엔 집안 형편이 제법 괜찮았던 모양이더라. 게다가 뼈대 있는 양반 가문이기도 하고."

"그 집안이 양반이래요?"

"아이고, 말도 마라. 그 영감태기 술만 들어가면 어찌나 조상 자랑을 늘어놓는지. 몇 대 조가 정승을 지내고 몇 대 조가 판서를 지내고……. 그러면 뭐 하누? 자기 대에 이르러 쭈그렁 망태기 신세가 돼 버렸는걸."

"거 다 술김에 떠벌이는 허풍 아니에요?"

"그건 아닌가 보더라. 심 봉사도 소싯적엔 과거에 급제해 가문을 일으켜 보겠노라고, 밥 먹고 똥 싸고 잠자는 시간 빼고서는 글공부

---

21 **봉사:** 봉사가 벼슬인 건 맞다. 본래 봉사는 조선시대 관상감, 전옥서, 사역원 등에 딸린 종8품의 낮은 벼슬 이름이었다. 그런데 이 봉사 직책에 시각장애인들이 종종 기용되는 바람에 시각장애인을 가리키는 말로 '봉사'라는 표현이 널리 쓰이게 된 것이다.

에만 매달렸다더라."

"에이, 장님이 무슨 글공부를 해요?"

"으응, 그땐 두 눈이 말짱했대. 공부를 너무 많이 해서 그랬는지, 나이 스물 넘어서 하루아침에 눈이 멀어 버렸다는 거야. 청천에 벽력도 그런 날벼락이 없지. 하필이면 그때 혼담이 오가고 있었던 모양이야. 재령에 사는 곽씨네하고. 처음엔 곽씨네서 사위될 총각의 눈이 이상해졌다는 소문이 듣고 혼사를 깨려고 했다지. 한데 색시가 한사코 심씨 총각이랑 혼례를 치르겠다고 고집을 부렸다지 뭐냐. 인륜지대사를 두고 약조를 뒤집는 건 양반가의 도리가 아니라면서."

"거 참 쉽지 않은 일이었을 텐데. 그 색시 보통이 아니네요."

"그렇지. 보통 사람 같으면 어림없는 일이지. 청이 어머니가 세상 뜬 지 벌써 열네 해가 지났는데도 이따금 동네 아낙들이 '곽씨 부인, 곽씨 부인' 하는 걸 보면 참 대단한 양반이었음엔 틀림없나 보더라. 심씨 집안으로 시집와 청이 낳을 때까지 십 년 동안 눈먼 지아비 대신하여 시부모 상 다 치르고, 집안 대소사 살뜰하게 다 챙기고, 두 내외 먹고사는 일까지 죄다 혼자 떠맡았으니 대단하지, 암 대단하고말고."

"근데 어머니, 지금은 어찌 먹고산대요? 장님이랑 어린 딸이랑."

뺑덕은 남의 일에 이토록 미주알고주알 캐묻는 자신의 모습이 낯설었다. 뺑덕어미도 좀 이상하다 싶긴 했지만, 갑자기 말수가 늘어난 아들의 모습이 싫지만은 않았다. 하여, 그간 주워들은 이야기들을 나름대로 갈무리해 들려주었다. 심 봉사가 젖동냥으로 청이를 키운 이야기며, 청이가 예닐곱 살 무렵부터 아비 대신 밥 동냥을 다닌 이야기며, 열 살 남짓부터는 삯바느질 삯빨래로 눈먼 아비 정성껏 봉양한 이야기까지.

"세상에 효녀, 효녀, 그런 효녀가 없다더라. 나도 두어 번 봤는데, 인물 곱상하지, 인사성 밝고 싹싹하지, 어른 공경할 줄 알지, 살림 솜씨 두말할 것 없지, 요즘 세상에 그런 색싯감도 드물지 드물어."

마치 중매 서러 온 매파처럼 색시 자랑을 한껏 늘어놓던 뺑덕어미는 잠시 헛기침을 하며 아들 눈치를 살폈다.

"크흠, 에구구 그럼 뭐하누, 평생 떼어내지 못할 애물단지 하나가 떡하니 들러붙어 있는걸. 세상에 어떤 총각이 그런 집에 장가들려 하겠니? 기껏 장가들어 봤자, 지아비 대접은커녕 마누라랑 둘이서 장인이란 작자 늙어 죽을 때까지 갖은 수발을 들어야 할 텐데. 에이, 생각만 해도 진절머리가 나네."

손수건

 그 뒤로 뺑덕은 마을에 내려갈 때마다 주위를 두리번거리며 살폈다. 저번에 자신을 골리던 동네 개구쟁이들과 또 마주칠까 저어하는 눈빛은 아니었다. 오히려 무언가를 찾는 듯한 눈빛이었다.
 한여름의 무더위가 기승을 부리는 날이었다. 뺑덕은 안골 두어 집에 들러 삯바느질 일감을 받아 나오는 길이었다. 옷 보퉁이 하나 들고 슬렁슬렁 걷는데도 서너 식경 괭이질이라도 한 듯 온몸이 땀에 젖었다. 왼손으로 얼굴에 손부채질을 하며 동네 우물 쪽으로 걸음을 옮기는데, 무언가 묵직한 것이 날아와 오른손에 든 보퉁이를 툭 때렸다.
 "야호! 백발백중!"
 소리가 들린 것은 마을길 오른편으로 나란히 흐르는 황주천 개울가였다. 예닐곱이나 되는 사내아이들이 벌거숭이가 되어 물놀이를 하고 있었다. 아직 고추 위에 거웃도 자라지 않은 꼬맹이들이었다. 개중 한 녀석이 반질반질한 개울가 조약돌을 집어 뺑덕에게 던진 모양이었다. 뺑덕은 짐짓 눈을 부릅뜨고 개울가의 녀석들을 매섭게 노려보았다. 하지만 어리숙한 벙어리 하나를 두려워할 녀석들이 아니었다. 무리의 대장으로 보이는 아이가 오른손을 번쩍 치켜들며 소리쳤다.

"적군을 향하여 일제히 화살을 퍼부어라!"

그러자 아이들은 익숙한 몸짓으로 조약돌을 하나씩 집어들더니, 대장의 수신호에 맞추어 한꺼번에 던졌다.

"그만둬!"

웬 계집애의 앙칼진 목소리가 끼어들었지만, 이미 시위를 떠난 살을 막을 수는 없었다. 뺑덕은 어깨를 움츠리며 옷 보퉁이로 앞을 가렸다. 아이들이 날린 화살은 더러는 보퉁이 방패에 부딪쳐 떨어지고 더러는 빗나갔다. 그런데 딱 한 대가 뺑덕의 우측 관자놀이에 적중하고 말았다.

"윽!"

뺑덕은 외마디 비명을 지르며 몸을 웅크렸다. 그 바람에 들고 있던 보퉁이가 흙바닥에 나뒹굴었다.

"귀동이 너, 엄니한테 이른다?"

개울가의 아이들에게 종주먹을 치켜들고 을러대는 이는 열댓 살 먹은 처녀애였다.

"이르긴 뭘 일러? 내가 무슨 잘못을 했다고?"

꼬마 대장이 고개를 빳빳이 들고 대거리했다.

"늬들이 방금 저 총각한테 돌 던졌잖아. 왜 아무 죄도 없는 사람을 해코지해?"

"죄가 없긴 왜 없어?"

"무슨 죄? 저 사람한테 무슨 죄가 있는데?"

손을 관자놀이에 얹은 채로 둘의 실랑이를 곁눈질하던 뺑덕은 '죄'라는 말에 속이 뜨끔했다. 혹시 저 귀동이란 아이가 우리 가족에 관해 무언가를 알고 있다는 말일까?

"이 세상에 벙어리로 태어난 게 죄지 뭐. 멀쩡하게만 태어났어 봐. 우리가 형님으로 모시지."

"너 말도 안 되는 억지 부리면서 누나한테 자꾸 말대꾸할래?"

"누나? 도대체 누가 누난데?"

"누나 친구면 누나지 뭐. 내가 너보다 네 살이나 많은데."

"피이, 난 봉사 아버지 둔 일 없네 뭐."

"귀동이 너, 저번처럼 광에 갇혀서 온종일 쫄쫄 굶어 봐야 정신 차리지? 너희 엄니한테 그러라고 말씀드릴까?"

처녀애의 겁박이 약효가 있었던지 귀동이는 슬그머니 꼬리를 내렸다.

"쳇! 치사한 고자질쟁이. 에이, 명색이 사내인 내가 참아야지. 애들아, 가자!"

귀동이와 아이들은 주섬주섬 옷을 걸치고는 개울가 모래밭을 따라 안골 안쪽으로 멀어져 갔다. 그제야 처녀애가 뺑덕 곁으로 다가와 물었다.

"이마빡은 괜찮아? 너 말은 알아듣는다며?"

뺑덕은 처녀애와 눈을 마주치지 않은 채 고개만 끄덕였다. 이마가 괜찮다는 뜻인지 말은 알아듣는다는 뜻인지는 분명치 않았다.

"어디 좀 봐, 얼마나 다쳤나."

처녀애의 야무진 손길이 상처 난 데를 가리고 있던 뺑덕의 오른손을 치우려고 했다. 뺑덕은 처녀애의 손길을 피하며 엉겁결에 입을 달싹거렸다.

"괘, 괘……."

"오호, 괜찮다고? 아주 벙어리는 아닌가 보네. 길 복판에서 이러지 말고 이쪽으로 와."

처녀애는 뺑덕을 개울 쪽 길섶으로 잡아끌었다.

"자, 여기 좀 앉아 봐. 그래야 잘 보이지."

뺑덕은 시키는 대로 개울가 풀밭에 앉았다. 처녀애는 다 큰 총각인 뺑덕을 마치 남동생 다루듯 했다. 뺑덕의 손을 내리게 하고는, 무명 손수건으로 관자놀이에 맺힌 붉은 핏방울을 조심조심 찍어

냈다. 뺑덕은 난생처음 보는 처녀애한테 머리통을 내맡긴 채, 그 머릿속으로 생각했다.

'도대체 이 여자앤 누굴까? 성가신 귀동이패를 세 치 혀로 제압하고, 낯선 사내한테 스스럼없이 다가와 반말지거리를 해 대는 이 왈패 같은 여자애의 정체는 과연 무얼까?'

뺑덕은 슬그머니 고개를 들어 자기 앞에 바투 서 있는 처녀애의 얼굴을 들여다보았다.

'아아!'

숨이 멎는 듯했다. 세상에서 그토록 맑은 눈망울은 처음이었다. 천상의 선녀가 땅에 내려온다면 그 얼굴에서나 찾아봄직한 눈망울이었다. 그 순간 뺑덕의 머리에 무언가 번쩍 스쳤다.

'네가 바로 청이구나! 눈먼 아비의 눈망울이 될 슬픈 운명을 지니고 태어난 아이.'

"뭘 그리 빤히 쳐다봐?"

청이가 두 눈을 끔적이며 물었다. 당황한 뺑덕은 얼굴을 모로 돌리며 강 건너를 보는 척했다.

"다행히 크게 다치진 않았네. 이거 줄 테니까 상처 난 데 꾹 누르고 가. 딱지 한 번 앉았다가 떨어지면 말끔하게 나을 거야."

청이는 자신의 손수건을 뺑덕의 손에 쥐어주었다. 그러고는 한 걸음쯤 사이를 두고 뺑덕 옆에 나란히 앉았다.

"벙어리로 세상 살기 힘들지? 나도 봉사 아버지 둔 덕에 그 심정 웬만큼은 알아."

청이의 눈길은 유유히 흐르는 황주천을 향해 있었다.

"힘들더라도 씩씩하게 살아. 너 하나 바라보며 사시는 어머닐 생각해서라도. 네가 힘들어하는 모습 보이면, 네가 무언가를 포기하려고 하면, 그 모습 바라보는 어머니 가슴은 열 배 백 배 더 힘들어. 내 말 무슨 뜻인지 알지?"

뺑덕도 고개를 들어 흐르는 강물 위에 눈길을 얹었다. 두 사람은 한동안 아무 말 없이 흘러가는 물을 물끄러미 바라만 보았다.

그때 경박하기 짝이 없는 노랫가락이 강변의 운치를 깨뜨렸다.

> 벙어리하고 장님 딸하고
> 그렇고 그렇대 알나리깔나리.
> 그렇고 그렇대 알나리깔나리.

"에구, 에구, 저, 저 천둥벌거숭이들……"

청이가 자리에서 일어서며 엉덩이에 붙은 검불을 떨어냈다. 뺑덕도 엉거주춤 따라 일어섰다.

"난 이만 가 봐야 돼. 우리 집 노인네 또 괜한 걱정하실라. 너도 조심해서 올라가. 옷 보퉁이도 잘 챙기고."

청이는 저희 집이 있는 밖골 쪽으로 종종걸음을 쳤다. 뺑덕이도 느릿느릿 그 뒤를 따랐다. 동네 우물이 있는 갈림길에 이르러, 뺑덕은 우두커니 선 채로 멀어져 가는 청이의 뒷모습에서 쉽사리 눈을 떼지 못했다.

그날 저녁 뺑덕은 어머니에게 두 가지 거짓말을 했다.

"아니, 오른쪽 이마에 웬 상처냐?"

"별거 아니에요. 한눈팔다가 돌부리에 걸려 엎어지는 바람에……."

"한데, 그 손수건은 웬 거냐?"

"아아, 이거요. 길 가던 어떤 아주머니가 상처에 대라고 준 거예요."

"아주머니? 누구?"

"모, 몰라요. 처음 보는 분이라."

"그래? 누군진 모르나 담에 만나거든 꼭 돌려드려. 고맙다는 인사도 빼먹지 말고."

"예."

길었던 하루해가 저물고 모자는 단칸방에 나란히 누웠다. 오늘 하루도 곤하였던지 어머니는 이내 가릉가릉 코를 골았다. 하지만 아들은 쉬 잠이 오질 않았다. 날이 더워서만은 아니었다. 눈을 감았는데도 낮에 본 처녀애의 눈망울이 선하게 떠올랐다.

'내가 왜 어머니께 거짓말을 했을까? 동네 아이들이 던진 돌에 맞은 일이야 어머니 아셔 봤자 속만 상하실 테니 그리 둘러댄 것이

라지만, 청이가 건넨 손수건은…….'

왠지 어머니가 아시면 싫어할 것만 같았다. 아들이 청이란 여자 애를 만났고, 그 아이가 아들의 상처를 닦아 주었고, 아들과 그 아이가 이런저런 이야기를 나누었고, 둘이서 나란히 앉아 흐르는 강물을 함께 보았다는 사실을.

이리 뒤척 저리 뒤척 하던 뺑덕은 허리춤의 주머니에서 무명 손수건을 꺼내 슬그머니 코로 가져갔다. 무어라 말로 표현하기 어려운 야릇한 향기가 묻어난다. 어린 시절 어머니 품에서 맡던 향기와 비슷하면서도 어딘가 다른 냄새다. 영문도 모르는 뺑덕의 아랫도리가 주책없이 묵직해진다. 뺑덕은 손수건을 도로 주머니에 집어넣고 억지로 잠을 청했다.

이튿날 새벽, 뺑덕은 아침상을 물리자마자 연장을 챙겨 들고 밭으로 나갔다. 아직 해가 모습을 드러내기 전이지만 동쪽 하늘은 희부옇게 밝아 있다. 여름날엔 태양이 미처 공기를 충분히 데우지 못한 아침나절이 일하기엔 딱이다. 아침 무렵의 두 시진[22]이면 하루 일의 절반은 너끈히 해치울 수 있다.

뺑덕은 잡념을 떨쳐 내기라도 하려는 듯 힘껏 괭이질을 해 댔다. 오래지 않아 한여름의 태양이 동쪽 산등성이를 딛고 힘차게 올라

---

22 **시진**: 조선시대에는 하루를 열두 시진으로 나누었다. 한 시진은 오늘날의 두 시간에 해당한다.

섰다. 산기슭을 감싸고 있던 서늘한 기운이 순식간에 퇴각하고, 이내 목덜미와 등줄기에 땀에 흐른다. 뺑덕은 무심코 허리춤의 주머니에서 손수건을 꺼내 목덜미를 닦았다.

그런데 무언가 까슬까슬하게 긁히는 느낌이 들었다. 눈앞으로 가져와 살펴보니, 손수건 한 귀퉁이에 웬 그림이 수놓아져 있다. 이름 모를 나뭇가지 위에 사뿐히 앉아 있는 새 한 마리. 샛노란 몸통에 눈가와 날개 끝만 까만 걸 보니, 꾀꼬리가 틀림없다.

'청이란 아이가 손수 새긴 걸까? 그 선머슴한테 이런 재주가 다 있었나?'

뺑덕의 입이 저도 모르게 벙싯 벌어졌다. 어디선가 선선한 바람 한 줄기가 불어오는 듯했다.

'한데, 왜 한 마리지? 쓸쓸하게.'

뺑덕은 손수건을 도로 집어넣고 다시 힘차게 괭이질을 하기 시작했다.

그 뒤로 뺑덕은 몇 차례 더 청이와 마주쳤다. 그때마다 청이는 뺑덕을 가까운 동생처럼 허물없이 대했다. 그런 청이를 보며 뺑덕은 생각했다.

'내가 벙어리가 아니라 멀쩡한 총각임을 알게 된다면, 청이 스스로 날 멀리하겠지? 벙어리 행세를 할 수밖에 없는 내 운명이 차라리 다행인지도 몰라.'

청이는 동병상련의 정이 동하였는지, 뺑덕만 보면 무어라도 쥐어주지 못해 안달이었다. 어떤 날은 남의 집에서 얻은 떡을 조금 나누어 주기도 하고, 어떤 날은 장에 다녀오는 아주머니가 주었다며 엿을 내밀기도 했다. 오는 정이 있으면 가는 정도 있는 법. 뺑덕 역시 틈나는 대로 어머니 몰래 무언가를 챙겨 두었다가 청이한테 건네곤 했다. 밭에서 손수 기른 푸성귀며 산에서 뜯은 약초 따위가 전부였지만, 거기엔 뺑덕의 마음이 담겨 있었다. 뺑덕은 청이가 자신한테 건네는 먹거리에도 청이의 마음이 담겨 있으면 참 좋겠다고 생각했다.

공양미 삼백 석

유난히 길고 맹렬했던 여름도 덧없이 늙어 가고 있었다. 그 사이 뺑덕어미의 발목은 다 나았지만, 뺑덕의 마을 나들이는 끝나지 않았다. 어머니는 도화동 주민들에게 공인받은 아들의 완벽한 벙어리 행세에 큰 만족을 표했다.

"이제 한 시름 덜어도 좋을 성싶구나. 도화동 사람 어느 누구 하나 우리 모자를 의심하거나 경계하는 이가 없으니 말이다. 어미는 내심 뺑덕이 네가 무심결에 본모습을 드러내기라도 하면 어쩌나 노심초사했는데, 참 장하구나 내 아들!"

벙어리 노릇으로 칭찬을 다 받으니, 뺑덕은 기가 막혀 헛웃음이 나왔다. 여하튼 덕분에 마을 출입이 편해졌으니 다행이라는 생각도 들었다. 처음엔 뺑덕이 나타날 적마다 골려대던 철부지들도 뺑덕이 아무런 반응을 보이지 않자 이내 시들해졌다. 그저 또래들끼리 자신들만의 놀이에 열중할 따름이었다.

한가위가 멀지 않은 여름의 끝자락이었다. 하루는 뺑덕이 밖골에 옷 배달을 갔다가 심 봉사 댁 낡은 마루에 멍하니 앉아 있는 청이를 보았다. 반가운 마음에 사립문 밖에서 손짓을 했다. 하지만 청이는 초점 잃은 눈길로 저물어 가는 하늘만 바라볼 뿐이었다. 뺑덕은 큼큼 두어 번 헛기침을 했다. 그제야 청이가 울 밖에 서 있는 뺑덕을 발견했다. 청이는 고개를 돌려 방 쪽을 살피더니, 조용히 일어나 살금살금 고양이 걸음으로 다가왔다. 그러고는 아무 말 없이 뺑덕의 옷소매를 잡아끌었다. 둘은 청이네 집 뒤편의 솔숲으로 들어갔다. 한낮에도 인적이 드문 곳이다. 뺑덕은 괜스레 심장이 콩닥콩닥 뛰었다.

'어어…… 왜 이러는 거지?'

청이는 적당한 곳에 자리를 잡고 앉더니 뺑덕에게도 앉으라고 손짓했다. 이번에도 뺑덕은 시키는 대로 했다. 청이가 입을 열었다.

"너 쌀 있어?"

뜬금없는 물음에 뺑덕은 고개를 갸웃해 보였다. 무슨 말이냐는 뜻이다.

"쌀이 필요하거든. 그것도 아주 많이."

뺑덕은 도리도리 고개를 저었다.

"그렇겠지. 너희 집이나 우리 집이나 살림살이 빤한데, 휴우……"

청이의 긴 한숨 소리에 뺑덕은 자기 가슴이 푹 꺼지는 듯했다. 벙어리가 된 뒤 처음으로 말이라는 걸 하고 싶었다. 도대체 무슨 일이냐고? 집에 무슨 큰일이라도 생긴 거냐고? 소리 내어 묻고 싶었다. 하지만 그럴 수는 없는 노릇이었다.

"쌀 삼백 석[23]을 구해야 돼. 그걸 몽은암 부처님께 바치면 눈을 뜰 수 있대. 아버지가 스님한테 덜컥 약조를 해 버렸어. 만약 약조를 어기면 영영 앉은뱅이가 될 거래."

쌀을 바치면 눈을 뜨게 해 주고 안 바치면 앉은뱅이를 만든다니, 세상에 그런 몹쓸 부처가 어디 있단 말인가? 뺑덕은 기가 막히고 코가 막혔다. 말도 안 되는 헛소리라고, 그딴 소리 무시해 버리라고 소리쳐 말해 주고 싶었다. 하지만 뺑덕이 할 수 있는 건 "어버, 어버" 소리 내며 두 손을 휘젓는 일뿐이었다. 도화동에 흘러든 뒤로 지금껏 자신의 보호색으로 바보가 아닌 벙어리를 택한 것을 참 다행이라 여겨 왔는데, 지금 뺑덕은 처음으로 그 선택을 후회하고 있었다. 차라리 바보라면 어떻게든 청이를 설득해 보련만.

"안 된다고? 그래 알아. 너희 집 살림살이 뻔히 아는데, 설마 지금 내가 너한테 진짜로 쌀 꾸어 달라고 그러는 거겠니? 내 처지가

---

23 **석**: 곡식, 가루, 액체 따위의 부피를 재던 단위. 쌀 한 석은 한 말의 열 배이며, 오늘날로 치면 144킬로그램에 해당한다.

하도 답답하니까, 공양미 삼백 석을 마련할 뾰족한 수가 도무지 떠오르질 않으니까 이렇게라도 넋두리를 하는 거야. 너한테는 어떤 비밀을 말해도 새어 나갈 염려가 없잖니."

청이가 엷은 웃음을 지어 보였지만, 뺑덕은 그 웃음이 몹시도 서글퍼 보였다.

그때였다. 청이네 집 쪽에서 탁탁탁 지팡이로 땅바닥 두드리는 소리가 들려왔다. 그리고 곧이어 심 봉사의 목소리가 따라왔다.

"청아, 어딜 간 게냐? 부엌에도 없고 뒷간에도 없고. 청아, 청아야!"

청이는 냉큼 일어나 다람쥐처럼 후닥닥 솔숲 밖으로 튀어나갔다.

"예에, 아버지! 저 여기 있어요."

딸의 목소리를 들은 심 봉사는 그제야 안색이 환해지며 타박을 늘어놓는다.

"아니, 다 저물녘에 어딜 쏘다니는 게야? 아무리 손바닥 같은 동네라지만 다 큰 처녀가 밤마실 다니면 위험해요."

"예, 아버지. 저녁 먹은 게 좀 더부룩해서 바깥바람 좀 쐬었어요. 이제 괜찮으니 어여 들어가시어요."

"으응, 그래 어여 들어가자. 못난 아비가 괜한 소릴 해 가지고 너한테 걱정만 끼치는구나. 그깟 공양미 얘긴 못 들은 걸로 해라. 쌀서 말도 없는 우리 형편에 삼백 석이라니, 어디 가당키나 한 말이더냐? 에구구, 늙으면 죽어야지."

그 사이 솔숲에서 빠져나온 뺑덕은 눈먼 아비를 부축해 집으로 들어가는 청이의 뒷모습을 말없이 지켜볼 따름이었다.

처녀를 삽니다

 그로부터 며칠 뒤, 도화동에 커다란 배 한 척이 나타났다. 하도 덩치가 커서 밖골 나루에 배를 댈 수 없었던지, 나루에서 멀찍이 떨어진 곳에 닻을 내리고는 뱃사람 몇이 작은 배로 옮겨 타 나루에 당도했다. 차림새를 보니 청나라 사람들인데, 개중 하나가 조선말을 능숙하게 구사했다. 족제비처럼 하관이 빠르게 생긴 그 사내가 두 손을 나팔 모양으로 만들어 입에 대고는 큰 소리로 외쳤다.
 "우리는 청나라 남경에서 온 상인들이오. 아주 긴요한 일이 있어 열다섯 살 먹은 처녀를 구하오니, 누구든 한 명만 나서시오. 값은 얼마든지 원하는 대로 쳐 주겠소."
 밖골 나루 근처에는 도화동 촌구석에 모처럼 생긴 구경거리를 놓칠세라 모여든 주민들이 여남은 명 있었다. 사람들은 어리둥절한 표정으로 서로를 바라보며 웅성거렸다.

"시방 이게 무슨 소리래?"

"돈 주고 처녀를 사겠다는 거 아녀?"

"아니, 처녀라면 청나라에도 쌔고 쌨을 텐데, 왜 이 먼 조선 땅까지 와서 사겠대?"

"그러게. 자네가 한번 물어봐."

그걸 본 족제비 사내가 다시 입을 열었다.

"남경에 아주 큰 부자 나리가 계신데, 그분이 얼마 전 상처를 하셨소. 금실 좋던 전 부인이 조선 출신이었던지라 이번에 새 부인도 조선 처녀로 얻고자 하시오. 이왕이면 젊은 처자를 배필로 맞으려는 것이야 사내들 한결같은 욕심이니 너무 탓하지 마시고, 올해 열다섯 난 딸이 있는 댁은 이참에 팔자 한번 고쳐 보시오. 남경에 가면 그 처자도 평생 호의호식할 터이니, 이야말로 누이 좋고 매부 좋은 일 아니겠소?"

그러자 타는 불에 기름을 끼얹은 듯 사람들의 웅성거림이 더 커졌다.

"에이, 아무리 돈이 좋다지만 어떻게 딸자식을 청나라에 팔아?"

"파는 건 아니지. 좀 멀리 시집보내는 셈이잖아?"

"시집 같은 소리 하기는. 송도나 한양도 아니고 어디 붙은지도 모르는 청나라 남경이라니! 한 번 보내면 죽었는지 살았는지 안부도 모를 텐데, 난 절대로 그리는 못하네."

"아니, 자네는 딸자식도 없는 사람이 무얼 그리는 못한다는 게야?"

그 말에 여기저기서 웃음이 터져 나왔다.

"한데, 우리 동네에 열다섯 먹은 처녀가 있기는 있나?"

"있기야 있지! 주막집 귀덕이하고 안골 꽃님이하고, 아마 청이도 그 동갑일걸."

"그럼 어디 보자…… 귀덕이네는 형편이 웬만하니 외동딸 보낼리 없고, 봉사 양반이야 청이 없으면 끈 떨어진 뒤웅박 신세니 역시 보낼 수 없고, 꽃님이네는 밑으로 딸이 둘이나 더 있으니 입 하나 줄이는 셈 치고……."

"뭬야! 꽃님이가 뭐 어쩌고저째요?"

벼락같이 소리를 내지르며 끼어든 이는 바로 꽃님이 어머니였다.

"아무리 없이 산다고 해도, 우리 집이 그렇게 우습게 보여요? 딸자식 팔아서 호의호식할, 그런 막돼먹은 집으로 보이냐고?"

"어이쿠! 미, 미안하오 꽃님 어머니. 이 주책없는 주둥아리가 큰 실언을 했소. 정말 미안하오."

한바탕 소란이 가라앉자 사람들 머릿속엔 궁금한 게 하나 떠올랐다. 어쩌면 진즉부터 품고 있었던 물음인데 차마 입밖에 내기가 망설여진 것일지도 모른다. 왕년에 등짐장수로 조선팔도 안 다녀 본 곳 없다는 봉수 아버지가 총대를 메고 나섰다.

"이보시오! 처녀 몸값으로 대체 얼마를 내겠다는 거요? 어디 한 번 들어나 봅시다."

곁에 있던 봉수 어머니가 미간을 찌푸리며 남편의 옆구리를 쿡 찔렀다.

"어허, 이 양반이! 주책없이……."

하지만 거기 모인 사람들의 눈길은 이미 족제비의 입만 바라보고 있었다.

"으흠……."

족제비는 헛기침을 한 번 하고는 뒤쪽으로 몸을 돌렸다. 거기엔 몸피가 통나무처럼 굵직한 사내가 서 있었다. 떡 벌어진 어깨, 구릿빛 피부, 울퉁불퉁한 근육. 오랜 세월 동안 작열하는 태양과 포효하는 해풍과 맞서 싸우며 살아남았을 불곰 같은 사내였다. 아마도 청나라 장삿배의 선장인 듯했다. 하지만 외모만으로는 상선보다는 해적선의 우두머리로 제격일 듯 싶었다.

족제비가 청국말로 무어라 소곤거리자, 불곰이 투박한 손으로 자기 턱수염을 쓸면서 고개를 도리 저었다. 족제비가 다시 주민들 쪽으로 돌아서 느긋하게 입을 열었다.

"그건 나중에 당사자가 나서면 따로 얘기할 것이오. 아무튼 당신네 팔자에는 구경도 못할 거금일 테니, 그리들 아시오."

그때였다. 언제 나타났는지 안골 유 생원이 호랑이눈을 부릅뜨고 호통을 쳤다.

"지금 이게 무슨 짓거리들인가? 돈으로 처녀를 사고팔다니, 오랑캐 풍습은 어떤지 모르나 우리 조선 땅에선 있을 수 없는 일이네!"

그 말에 족제비가 이죽거리며 맞받아쳤다.

"우리 영감님이 세상 물정을 몰라도 너무 모르시네. 지금 한양이나 평양의 기방에선 하룻밤에도 족히 수백은 될 기녀들이 몸을 사고판답니다. 그럼 거기는 조선 땅이 아니라 청국 땅이란 말씀이오?"

"이, 이, 이런 괘씸한……."

유 생원이 당장에라도 쓰러질 듯 뒷목을 잡는데, 그 집 아들이 냉큼 달려와 부축하며 말렸다.

"아버님, 고정하십시오. 저런 종자들과는 상종하지 않는 게 이롭습니다. 우리 도화동엔 오랑캐한테 딸자식 팔아넘길 사람은 없을 터이니, 염려 마시고 돌아가시지요."

유 생원이 아들의 부축을 받으며 사라지자, 사람들은 저희끼리 쑥덕공론을 이어갔다.

"그나저나 청나라 배가 조선 땅에 이렇게 들락거려도 되는 거요?"

"보나마나 뻔하지 뭐. 벼슬아치 놈들이 또 뒷구멍으로 뭘 처먹은 게지."

"어휴, 오랑캐들이 예까지 밀고 들어와 조선 처녀를 사 간다니, 영 께름칙하네요."

수군거리는 사람들을 향하여 족제비는 다시 한 번 손나팔을 만들어 외쳤다.

"우리는 나루터 인근 주막에 묵고 있을 터이니, 생각이 있으면 누구든 찾아오시오!"

한편, 뺑덕은 아랫마을에서 어떤 소동이 벌어졌는지 까맣게 모르고 있었다. 솔숲에서 청이와 이야기를 나눈 뒤로 아랫마을엔 발길을 끊었기 때문이다. 혹시라도 청이와 마주칠까 봐 두려웠다. 청이를 위해 아무것도 해 줄 수 없는 자신의 처지가 한심하기도 했다. 빌어먹을 공양미 생각을 떨쳐 내려고 일부러 더 자기 몸뚱이를 혹사했다. 어쩌면 세월이 모든 걸 해결해 주길 기대했는지도 모른다. 청이 형편에 삼백 석을 마련할 방도는 어느 구석에도 없을 테니, 결국 시간이 흐르면 청이도 심 봉사도 제풀에 지쳐 포기할 것이라 생각했다. 그런다고 심 봉사가 진짜로 앉은뱅이가 될 리는 없으니 말이다.

그런데 그날 저녁, 아랫마을에 내려갔던 어머니가 끔찍한 소식을 물고 왔다.

"산 사람 죽으란 법은 없다더니 심 봉사네 집에도 볕들 날이 오려나 보다."

뺑덕은 의아해하는 표정으로 어머니의 입을 바라보았다.

"아, 글쎄, 청이가 청나라 갑부한테 시집을 간다지 뭐냐."

"뭐라고요? 누가 시집을 가요?"

"누구긴 누구야, 심 봉사 딸 청이 말이지. 글쎄, 신랑 될 사람이 청나라에서도 손꼽히는 갑부라는데, 그 양반 통이 어찌나 큰지 심 봉사 이름으로 몽은암에 쌀 삼백 석을 시주했다지 뭐냐."

"에이, 제아무리 부자라도 그렇지, 난데없이 삼백 석을 어디서 구해다 시줄해요?"

"아유, 꼭 쌀로 해야만 시주라더냐? 쌀 삼백 석에 해당하는 값을 천은[24]으로 갖다 바친 모양이더라. 그뿐 아니라 청이네 집에다가는 심 봉사 평생 먹고 살 재물을 아주 넉넉히 채워 줄 거라더라. 그러니 심 봉사 팔자가 확 편 게지 뭐냐?"

"어머니는 도대체 어디서 그런 얘길 들으신 거예요?"

"그야 주막집 귀덕어미한테 들었지. 청나라 상인들이 지금 그 집에 묵고 있잖니. 그러니 귀덕어미만큼 내막을 잘 아는 사람이 또 있으려고."

뺑덕어미는 아침에 청나라 배가 도화동에 나타난 것부터 시작

---

24 **천은**: 청나라에서 화폐로 쓰이던 은덩어리. 조선과 청나라 사이의 무역 대금으로도 통용됐다.

해서 그날 하루 동안 일사천리로 벌어진 일들을 자신이 직접 본 듯 소상히 들려주었다.

"아침에 밖골 나루터에서 그 소란이 벌이지고 얼마쯤 지나, 청이가 귀덕이네 주막으로 찾아왔더란다. 청이랑 귀덕이랑 둘도 없는 동무니까, 귀덕어미는 여느 때처럼 놀러 온 줄로만 여겼지. 한데, 청이가 대뜸 뱃사람들을 만나게 해 달라고 그러더래. 그 속내야 안 물어봐도 뻔하지 뭐."

"그래서요? 그래서 귀덕 어머니는 옳다구나 하고 다리를 놔 줬대요?"

"에이, 아니지. 청이 갓난쟁이 적에 도화동 아낙 중에 가장 많이 젖을 물린 게 귀덕어미라던데, 자기 딸이랑 쌍둥이처럼 함께 키운 청이를 선뜻 내줄 리 있겠니?"

"그런데요? 그런데 어떻게 청이가 그 청나라 늙은이한테 시집을 가요?"

뺑덕은 자신도 모르는 사이에 어머니한테 따지듯이 물었다.

"청이가 귀덕어미한테 심 봉사 딱한 사정을 털어놓더란다. 공양미 삼백 석을 부처님께 바치기로 약조가 돼 있는데, 그 약조를 지킬 방도는 그 길밖에 없다고. 자신이 눈먼 아비를 위해 마지막 효도를 할 수 있게끔 한 번만 도와달라고."

그 사정이야 뺑덕도 익히 알고 있는 사실이었다. 하지만 아무리

막막하다고 해도 그렇지, 그토록 당차고 야무진 청이가 이토록 어처구니없는 선택을 했다는 사실이 믿기지 않았다.

"제 어미를 닮아서 그런지, 청이 고것도 고집이 보통이 아니더란다. 뜯어말려도 소용없겠다 싶어 그자들 묵는 방을 일러 주었더니, 청이 저 혼자 들어가 담판을 짓고 나왔다지 뭐냐. 몽은암에 공양미 삼백 석을 시주하고, 혼자 남을 눈먼 아비 먹고살 길을 마련해 주면 자기가 청나라로 따라가겠노라고."

"이건 말도 안 돼요! 공양미를 바치면 눈을 뜬다는 얘기도 말이 안 되고, 그렇다고 자기 몸을 파는 건 더더욱 말이 안 된다고요!"

뺑덕이 연거푸 언성을 높이자, 어머니가 미간을 찡그리며 고개를 갸웃했다.

"너 오늘따라 이상하구나. 청이 시집가는 일에 네가 왜 이리 쌍심지를 켜고 덤비는 게냐?"

"저, 그게 아니라……."

"아니다. 아무래도 수상쩍구나. 너 전에도 청이네 집 사정을 미주알고주알 캐묻더니, 혹시 너 청이 그 아이를 마음에 품기라도 한 게냐?"

"……."

뺑덕은 무어라 대꾸할 말이 없었다. 이건 아니다. 말려야 해. 무슨 일이 있어도 말려야 해. 뺑덕의 머릿속엔 오로지 그 생각뿐이었다.

"혹시라도 그 아일 마음에 품고 있었거든, 이참에 네 머릿속에서 깨끗이 지워라. 너와 그 아인 애당초 인연이 아니었던 게다. 어차피 내일이면 청이는 더 이상 이 나라 사람이 아니다. 무에 그리도 급한지, 청나라 장삿배가 날 밝는 대로 떠날 거라더라."

운명의 선택

　그날 밤 뺑덕은 잠자리에 누운 채 어머니가 잠들기만을 기다렸다. 하지만 여느 날과 달리 어머니는 쉬 잠을 못 이루고 뒤척거렸다. 행여나 아들이 이 밤에 청이에게 달려갈까 걱정이 되는 걸까, 아니면 열다섯 꽃다운 처녀애가 이역만리 타향으로 팔려 가는 것이 못내 안쓰러운 걸까.

　한참을 뒤척이던 뺑덕어미가 이윽고 새근새근 코를 골자, 뺑덕은 슬그머니 오두막을 빠져나와 아랫마을로 달렸다. 한가위가 코앞이라 달이 휘영청 밝았다. 밖골 청이네 근처에 다다른 뺑덕은 가쁜 숨을 몰아쉬며 집 주위를 살폈다. 여전히 두근거리는 심장을 오른손으로 지그시 누른 채 사립문 하나 없는 울타리 안으로 도둑처럼 살금살금 들어섰다. 청이는 잠들었으려나? 내일이면 눈먼 아비 곁을 영영 떠날 아이가 무슨 잠을 이룰 수 있을까? 그런 생각을 하면서 조심스레 걸음을 옮기는데 어디선가 여인네 흐느끼는 소리가 어렴풋이 들려왔다. 아마도 뒤꼍 쪽인 듯했다.

뺑덕은 청이네 낡은 기와집을 오른쪽으로 끼고 돌아 뒤꼍으로 다가갔다. 모퉁이를 돌아서는 순간, 장독대 앞에 선 청이의 뒷모습이 보였다. 달빛 아래 정화수 한 사발을 떠 놓고 무언가를 빌고 있다.

"부처님. 부처님. 불쌍한 우리 아버지, 제발 덕분에 눈 좀 뜨게 해 주시어요. 그리만 된다면 이 몸은 물고기들의 밥이 될지라도 아무 여한이 없나이다."

울다 지친 청이의 목소리가 점점 속으로 꺼져 들어갔다. 혹시라도 귀 밝은 아버지 귀에 들릴까 두 손으로 입까지 틀어막은 채 흐느꼈다.

"으흐흑…… 아버지, 아버지, 이 불효자식을 용서하시오. 이제 가면 다시는 아버지 얼굴 못 보오. 청국 상인 하는 말이, 부잣집 안방마님 자리가 아니라 용왕님 노여움 달랠 제물이라 하더이다. 아버지 평생 먹고 입을 거, 날 밝는 대로 담뿍 실어다 주마고 약조하였으니, 불효 딸년일랑 잊으시고 밝은 눈으로 오래오래 잘 먹고 잘 사시오. 이것이 내 팔자 내 복이니, 이 몸은 그만 어머니 곁으로 먼저 가오."

숨어서 엿듣던 뺑덕은 심장이 멎어 버릴 것만 같았다. 아니 이게 무슨 소린가? 청나라 갑부한테 시집가는 게 아니라 제물로 바쳐진

단 말인가? 독하다, 독하다. 이제 열다섯밖에 안 된 처녀애가 어찌 자기 목숨을 그리 내던질 결심을 하였을꼬.

그때 문득, 뺑덕의 귓가에 언젠가 어머니가 한 말이 떠올랐다.

'한데 어찌된 영문인지 색시가 한사코 심씨 총각이랑 혼례를 치르겠다고 고집을 부렸다는 거야. 인륜지대사를 두고 약조를 뒤집는 건 양반가의 도리가 아니라면서. 보통 사람 같으면 어림없는 일이지.'

모전여전이란 바로 이를 두고 한 말이지 싶었다. 자신을 친딸처럼 젖 먹여 길러 준 귀덕 어머니가 말려도 듣지 않은 고집불통이다. 하물며 아무런 사이도 아닌 내가 나선다 한들 들어먹을 리가 없지 않은가. 아, 이를 어찌하면 좋을꼬.

"내 평생소원이 아버지 눈 뜨시면 둘이 함께 바다 구경하는 것이었는데, 딸년만 먼저 이렇게 바다를 보게 되었소. 용왕님, 서해 용왕님. 이 몸이 인당수에 떨어지거들랑 아프지 않게 사뿐 받아 주시오."

그 순간 뺑덕의 눈이 번쩍 뜨였다. 인당수? 인당수라면……. 불현듯 지난봄 인당수를 지나올 때의 일이 기억났다. 그때 점박이가 칠복이란 조카에게 이런 말을 했지.

'이곳 인당수에 빠지면, 사람이든 물건이든 물에 뜨는 것들은 죄다 해류에 실려 가다가 백령도 남쪽의 콩돌 해안이나 그 언저리에

걸리게 되지.'

어찌할 바를 몰라 막막해하던 뺑덕은 재빨리 머리를 굴렸다. 차라리 잘됐는지도 몰라. 청나라로 시집가는 거라면 나 혼자 힘으로 청이를 빼낼 방도가 없다. 하지만 인당수에 제물로 던져진다면 물에 빠진 청이를 구하기만 하면 돼. 물에 가라앉지 않도록 무엇엔가 의지해 떠 있기만 한다면, 그럴 수만 있다면 얼마든지 승산이 있어. 일단 청나라 상선에 미리 숨어들어야 해. 나무궤짝이든 뭐든 물에 뜰 만한 걸 찾는 건 그 다음 일이야.

뺑덕은 서둘러 집으로 돌아왔다. 늦게 잠든 탓인지 어머니는 곤히 자고 있었다. 뺑덕은 조심스레 반닫이를 열고는 하얀 저고리 한 장을 꺼낸다. 그러고는 마루로 나와 달빛 아래 저고리를 펼쳐 놓는다. 부엌의 물독에서 바가지에 물을 조금 담아 와서는 거기에 검붉은 진흙 한 덩이를 넣는다. 왼손으로 조몰락조몰락 반죽을 한다. 알맞게 걸쭉해지자 이번에는 오른손 검지 끝에 진흙물을 묻혀 한 자 한 자 언문으로 편지를 쓴다.

청이는 시집가는 게 아니라 재물로 팔려가는 거랍니다.
소자가 반드시 청이를 구해 돌아오겠습니다.
넉넉잡아 보름이면 족할 터이니 부디 아무 염려 마세요.

뺑덕은 저고리 편지를 들고 부엌으로 갔다. 비어 있는 솥단지 안에 슬그머니 넣고는 소리가 나지 않게 뚜껑을 닫았다. 비록 어머니 몰래 떠나는 길이긴 하지만, 아무 말 없이 사라지는 건 자식 된 도리가 아니라고 생각했다. 그렇다고 편지가 너무 일찍 어머니 눈에 띄면, 배가 떠나기도 전에 어머니 손에 붙들려 나올 게 뻔했다. 편지를 남기되, 적당한 시간이 흐른 뒤에야 어머니 눈에 띄는 것. 뺑덕으로선 그것이 최선이었다.

뺑덕은 뒤도 안 돌아보고 나루터로 달렸다. 아직 해가 얼굴을 내밀진 않았으나 동쪽 하늘이 서서히 밝아 오고 있었다. 나루터는 이미 여남은 명의 뱃사람들로 소란스러웠다. 그들은 큰 배에 있던 곡식이며 비단, 약재 따위를 작은 배에 옮겨 실어 뭍으로 나르고 있었다. 이동 거리는 멀지 않으나, 이동 절차가 복잡한 탓에 일손이 딸리는 듯했다.

"라이, 워먼톈량주추파. 좌진스젠바!"

(자, 날 밝는 대로 떠나야 하니, 다들 서둘러라!)

불곰이 큰 소리로 뱃사람들을 다그쳤다. 곁에 있던 족제비는 새벽같이 구경 나온 도화동 주민들을 향해서 소리쳤다.

"어이, 동네 사람들! 이게 다 봉사 댁을 돕는 일이니, 조금씩만 힘을 보태 주시오!"

그러자 늙은이와 아낙네를 제외한 도화동 남정네 여럿이 짐꾼

대열에 합류했다. 기회는 이때다 싶어 뺑덕도 얼른 그 틈에 끼었다. 뺑덕은 일부러 큰 배에 있던 짐을 작은 배로 옮겨 싣는 일을 맡았다. 그리고 두어 번 짐을 옮기는 척하다가 뱃사람들의 눈을 피해 슬그머니 갑판 아래로 내려갔다.

먼 바다를 항해하는 장삿배답게 여러 칸의 선실이 있었다. 뺑덕은 그 가운데 온갖 짐들로 가득 찬 선실에 들어가, 짐짝 사이를 비집고 몸을 숨겼다. 이제 무슨 일이 있더라도 저들에게 발각되면 안 된다. 이 배가 도화동을 떠날 때까지, 아니 인당수에 닿을 때까지.

그렇듯 뺑덕이 배 밑에서 숨죽이고 있는 사이, 밖골 나루터는 눈물바다가 되어 갔다. 족제비를 비롯한 뱃사람들이 청이를 작은 배에 태우는데, 작별 인사를 하러 나온 심 봉사가 뒤늦게 정신을 차린 듯 신 벗어 땅을 치며 울부짖는 것이었다.

"아이고, 내 딸 청아! 이 아비가 잘못했다. 네 어미 목숨과 바꾼 너를 만리타향 청나라로 보낸다니, 하늘 계신 어머니가 대성통곡하실 게다. 네 곁에서 눈 뜬다면 마땅히 그럴 일이나, 너 떠나고 내 눈 뜬들 무슨 소용 있단 말이냐? 네가 바로 내 눈이요, 네가 바로 내 목숨이다. 가지 마라, 청아! 제발 아비를 두고 가지 마!"

하지만 이미 배에 오른 청이는 나루에서 멀어져 가면서 마을 사람들을 향해 소리쳤다.

"도화동 어르신들! 홀로 남은 울 아버지 잘 좀 보살펴 주시오!

아버지! 꼭 눈 뜨셔서 오래오래 잘 사시오!"

딸의 목소리가 들리자, 심 봉사는 체통이고 뭐고 다 버린 채 어린아이처럼 땅바닥에 주저앉아 발버둥을 쳐 댔다.

"가지 마라, 가지 마! 아비는 눈 못 떠도 좋으니 내 딸이랑 함께 살련다. 차라리 못난 내가 앉은뱅이 되고 말지, 내 딸 청이 못 보낸다! 이보시오! 누가, 누가 제발 청이 좀 말려 주오!"

그 모습을 눈물로 지켜보던 귀덕어미가 다가와 심 봉사의 앙상한 어깨를 붙잡으며 달래듯이 말했다.

"아이고, 봉사님. 이제 와서 이러시면 무슨 소용 있겠소? 청이는 부잣집에 시집가 호의호식할 터이니, 눈물 그만 거두시오. 봉사님 곁에 청이를 붙잡아 둔들 죽도록 고생이나 하지, 어디 시집 한번 가 보겠소? 외동딸 마지막 떠나는 길 웃으면서 보내 주시구려."

그제야 심 봉사도 체념한 듯 목소리가 잦아들었다.

"끄윽끄윽…… 허이구, 허이구, 내가 죽일 놈이지, 내가 죽일 놈이야. 어쩌자고 청이한테 쓸데없는 얘길 꺼내 가지고……."

아버지와 딸의 작별을 지켜보는 도화동 사람들은 너나 할 것 없이 훌쩍훌쩍 눈물만 훔칠 뿐이었다.

청이가 큰 배로 옮겨 타자, 뱃사람들은 작은 배를 밧줄로 끌어올려 큰 배에 실었다. 그런 다음 강바닥에 드리웠던 닻을 들어올렸다. 청나라 장삿배는 서서히 몸을 움직였다. 흐르는 강물도 그 커다란 덩치를 끌어가기엔 힘이 부치는 듯했다.

그때였다. 뺑덕어미가 버선발로 달려오며 고래고래 소리를 질렀다.

"이보시오, 청국 상인님들! 내 아들은 내려놓고 가시오. 우리 병덕이, 내 새끼 병덕이가 거기 탔소. 제발 내려놓고 가시오!"

나루터에 모여 있던 동네 사람들은 이 뜬금없는 상황에 어리둥절했다. 아니, 저 여편네가 무슨 소릴 하는 거야? 병덕인 또 누구람? 혹시 뺑덕이가 병덕인가? 한데 뺑덕이가 무슨 까닭으로 저 배에 탔다는 거지? 그러고 보니 뺑덕이가 안 보이긴 하네. 나루에서 그런 소동이 벌어지든 말든, 이미 닻을 올리고 쌍돛까지 활짝 펼쳐든 청국 상선은 멈출 생각이 없어 보였다.

뺑덕어미는 나루터 끄트머리까지 달려나와 발을 동동 구르며 악을 쓴다.

"병덕아, 에미다, 에미가 왔어! 어서 내려, 당장 그 배에서 뛰어내리라고! 아이고, 그깟 계집년 따위가 뭐라고……."

어찌나 악다구니를 써 대는지 그 소리가 배 밑창에서 숨을 죽이고 있던 뺑덕의 귀에까지 들렸다. 어머니가 벌써 저고리 편지를 보신 건 아닐 텐데. 아마도 일찍 잠에서 깨어 집 안팎에 아들의 기척이 없자, 무언가 눈치를 채고는 무작정 나루터로 달려오신 모양이다.

다급해진 뺑덕어미가 아예 강물로 뛰어든다. 멀어져 가는 청국 상선으로 향하여 휘적휘적 걸어간다. 강물이 종아리를 삼키고 허벅지를 삼키고 허리까지 집어삼킨다. 뺑덕어미는 상선 난간에 기대어 서서 어쩔 줄 몰라 하는 청이를 향해 울부짖는다.

"아이고, 청아! 제발 나 좀 살려다오. 제발 우리 병덕이 좀 내려다오. 내 아들 좀 놓아 줘! 봉사 나리는 내가 잘 모실 터이니, 제발, 제발, 내 새끼만은……"

뺑덕어미는 흐르는 물살을 견디지 못하고 쓰러져 버렸다. 안절부절못하며 지켜보던 마을 사람들 가운데 젊은 장정 둘이 강물로 뛰어들었다. 그리고 물살에 휩쓸려가던 뺑덕어미를 가까스로 건져 냈다.

뺑덕은 가슴이 미어졌다. 어머니 정말 죄송해요. 꼭 돌아올게요. 청이를 구해서 꼭 돌아올게요. 부디 그때까지 몸 강건히 계셔야 합니다. 뺑덕은 질끈 이를 악물었다.

무정한 청국 상선은 그렇게 도화동을 떠났고, 청이와 아비, 뺑덕과 어미의 속절없는 이별도 그렇게 끝이 났다. 시간이 좀 지나자 배 안팎이 두루 잠잠해졌다. 마음을 다잡은 뺑덕은 짐짝 틈바구니에서 슬그머니 몸을 빼 선실 안을 살피기 시작했다. 아마도 내일 아침 무렵이면 배가 인당수에 닿을 것이다. 그 전에 찾아야 한다. 두 사람 목숨 부지할 만한 물건을. 그 물건은 의외로 쉽사리 찾아졌다.

선실 한구석에 기름한 널빤지들이 겹겹이 쌓여 있었다. 아마도 항해 중에 배의 일부가 부서질 경우를 대비해 수리용 부품으로 실어 둔 것인 듯했다.

뺑덕은 개중 하나를 들어 보았다. 길이가 족히 팔 척[25]은 돼 보이고 두께도 세 치나 되는데 의외로 무겁지는 않다.

'음, 아주 잘 말랐군. 이 정도면 물 위에서 두 사람은 거뜬히 감당할 거야. 이제 나머지 일은 서해 용왕님 뜻에 맡기는 수밖에.'

가장 큰 숙제를 해결하고 나니, 긴장이 풀린 탓인지 선실이 어두침침한 탓인지 졸음이 몰려 왔다. 하긴 밤새 눈 한 번 못 붙이고, 산기슭 오두막에서 밖골까지 평탄치도 않은 길을 세 차례나 오르내렸으니 고단할 만도 했다. 뺑덕은 다시 짐짝들 사이 깊숙한 곳으로 들어가 비스듬히 몸을 뉘였다.

뺑덕이 잠들고 얼마 지나지 않아, 뱃사람들이 청이를 데리고 선실로 내려왔다. 족제비가 청이를 개중 가장 말끔해 보이는 선실로 인도하더니, 부드러운 목소리로 말했다.

"자네는 예서 쉬고 있게. 곧 아침거리를 가져다 줄 것이니."

"아닙니다. 눈먼 아비 홀로 두고 온 년이 무슨 염치로 입에 곡기를 대겠습니까?"

---

[25] 척: 길이의 단위. 한 치의 열 배로, 약 30센티미터에 해당한다.

"쯧쯧쯧, 하긴 이제 시간도 얼마 남지 않았으니······."

족제비가 말하는 시간이란, 청이의 남은 목숨을 뜻하는 것이리라.

뱃사람들이 자신들의 처소로 물러가자, 텅 빈 선실엔 청이 혼자 남았다. 난생처음 커다란 바닷배에 몸을 실은 청이는 지독한 멀미를 겪어야만 했다. 어제도 온종일 아무것도 입에 대질 못했는데, 뭐 먹은 게 있다고 줄기차게 토악질이 나온다. 아, 이러다간 인당수에 들기도 전에 숨이 끊어지는 건 아닐까? 그러면 저자들이 몽은암과 아버지를 찾아가 내 몸값을 도로 토해 내라고 할지도 몰라. 지금 정신을 놓으면 안 된다. 인당수에 이르러 제물로서 제물답게 몸을 던질 때까진 죽어도 죽을 수 없다.

하지만 같은 시각 같은 배 안에 있는 뺑덕은 청이의 고독한 사투를 까맣게 모르고 있었다. 진즉 곤한 잠에 빠져든 탓이었다.

두 마리의 새

얼마쯤 시간이 흘렀을까. 뺑덕은 잠결에 어렴풋이 누군가 흐느끼는 소리를 들었다. 가까이서 들리는 걸 보니, 바로 옆 선실인 듯싶다. 선실 간의 칸막이는 살림집 방벽처럼 꽉 막힌 게 아니다. 오히려 죄수를 가두는 옥사와 비슷하다. 둥근 나무기둥을 적당한 간격으로 세워 칸을 구분지어 놓았을 뿐이다. 그러니 만약 지금 당장 선실의 모든 짐을 밖으로 들어낸다면 뺑덕의 몸뚱이도 훤히 드러날 것이다.

뺑덕은 몸을 슬쩍 비틀어 짐짝 틈으로 옆 선실을 훔쳐보았다. 소리는 들리는데 사람은 보이질 않는다. 하지만 이내 그 소리의 임자가 청이라는 걸 알아차렸다.

'틀림없는 여자의 울음소리야. 지금 이 배에 여자는 청이 혼자야.'

가만가만 흐느끼던 소리가 점점 커진다. 아니, 커진다기보다는 깊어진다고 해야 할까? 청이가 운다. 속으로 속으로 운다. 그 씩씩하던 아이가, 그 당차던 아이가, 감옥 같은 선실에 갇혀, 흔들리는 배 안에 갇혀 속절없이 울고 있다. 뺑덕은 청이를 위로해 주고 싶었다. 걱정하지 마. 넌 죽지 않아. 두려워하지도 마. 내가 널 반드시 살릴 거야. 하지만 지금은, 벙어리가 아니라도 그 마음을 전할 길이 없다.

어둠 속에서 들리는 것은 청이의 훌쩍임만이 아니었다. 좀 밀찍이 떨어진 선실에선 사내들의 굵직한 코골이 소리가 한여름 매미 울음처럼 규칙적으로 들려왔다. 배를 조정하는 몇 사람을 빼고는 대부분의 선원들이 선실로 내려와 잠을 자고 있는 듯했다. 아마도 지금은 깊은 밤일 것이다. 하지만 청이는 잠들지 않는다. 어젯밤도 오늘밤도 잠을 못 이루고 있다. 청이는 이 밤을 짧았던 자기 생의 마지막 밤으로 여기고 있을 것이다.

한동안 잔잔하던 바다가 거칠게 뒤채기 시작했다. 갑판으로 통하는 나무문이 열리더니 희뿌연 빛이 쏟아져 들어왔다. 뒤따라 사내의 우렁우렁한 목소리가 선실을 울린다.

"카오진인탕수이러. 랑사오뉘다이밍!"

(인당수가 가까워진다. 처자를 대기시켜라!)

보나마나 불곰의 명령이다. 그 명을 받아서 족제비가 청이의 선실로 다가온다. 그의 손에는 새하얀 소복이 들려 있다. 새로 지어서 아직 한 번도 입지 아니한 옷인 듯했다.

"자, 이 옷으로 갈아입으시게."

족제비가 청이 앞에 옷을 내려놓고는 뒤돌아 멀찍이 물러났다. 청이는 자신의 운명을 받아들인 듯, 아무런 저항 없이 옷을 갈아입었다. 그리고 족제비를 따라 천천히 갑판 위로 올라갔다.

꿈틀거리는 바다 위엔 해무가 짙게 깔려 있었다. 철썩 처얼썩 파도가 연신 뱃전을 두드려 댔다. 마치 꾸물거리지 말고 속히 제물을 바치라는 닦달 같았다. 흔들리는 갑판 위에서 청이는 족제비의 인도를 받아 뱃머리 쪽으로 걸음을 옮겼다.

바다를 내려다본다. 선잠 속에서 본 시퍼런 물결이 보이지 않는다. 차라리 짙은 안개가 고맙다. 두리둥 두리둥 둥둥둥둥둥둥둥둥. 북소리가 요란하게 울려퍼진다. 족제비가 조급하게 소리친다.

"자, 어서 인당수로 드시게. 용왕님 기다리시네!"

치맛자락을 움켜쥔 청이의 두 손이 바르르 떨린다.

"아이고 아버지! 이 몸은 하릴없이 죽사오나, 아버지는 부디 눈을 떠 밝은 세상 보옵소서!"

마침내 청이가 앞으로 두어 걸음 내딛는가 싶더니, 희뿌연 허공 속으로 한 마리 흰 새처럼 몸을 던졌다. 불곰과 족제비를 비롯하여 뱃머리 쪽에 몰려 있던 선원들이 일제히 갑판 위에 넙죽 엎드렸다. 그것이 용왕께 바치는 절인지, 청이를 위로하는 인사인지는 알 길이 없었다.

모두의 이목이 뱃머리로 쏠린 틈을 타, 고물[26] 쪽에선 또 한 마리의 새가 몸을 날렸다. 옆구리에 기다란 널빤지를 낀 채로였다. 하지만 짙은 안개와 파도 소리로 인하여 아무도 그것을 알아채지는 못하였다. 그저 십 년에 한 차례 돌아오는 남경 상인들만의 거사를 무사히 치른 것에 안도하며, 제 갈 길로 멀어져 갈 뿐이었다.

서해 용왕이 제물에 만족한 덕분일까, 신기하게도 파도가 가라앉고 안개도 서서히 물러나기 시작했다. 뺑덕은 기다란 널빤지에 두 팔을 얹은 채, 한결 옅어진 안개 사이로 청이를 찾아 두리번거렸다. 저만치 앞에 허연 물체가 눈에 들어왔다. 소복에 싸인 청이의 몸뚱이가 흔들리는 물결을 따라 오르락내리락하고 있었다. 이미 정신줄을 놓은 듯 보였다.

한가위를 앞둔 가을 바다는 물놀이를 즐기기엔 너무 차갑다. 물속에 잠시만 몸을 담그고 있어도 고뿔들기 십상이요, 오래 머물다가는 목숨을 잃을 수도 있다. 뺑덕은 두 손으로 널빤지를 붙잡고는, 물에 잠긴 두 다리를 힘껏 휘저어 보았다. 하지만 청이와의 간격은 좀처럼 좁혀 들지 않았다. 도성 안에서 나고 자라 미처 헤엄을 배우지 못한 몸뚱이를 이제 와 탓한들 무슨 소용이랴.

---

26 **고물**: 배의 뒷부분.

'아아, 이대로는 안 되겠어.'

불안과 공포가 뺑덕의 심장을 옥죄어 왔다. 뺑덕은 널빤지에 한쪽 다리를 걸치고는 널빤지 위로 몸을 끌어올렸다. 그런 다음 널빤지 위에 배를 대고 엎드렸다. 마침 널빤지의 너비는 사람의 몸통 너비와 엇비슷했다. 널빤지는 뺑덕의 몸무게에 눌려 비록 자신의 몸은 물에 잠겼지만 뺑덕의 몸까지는 잠기지 않도록 잘 버텨 주었다. 그 상태로 뺑덕은 노를 젓듯 두 팔을 휘저었다. 그러자 널빤지가 쑥쑥 앞으로 나아갔다.

청이 곁에 바투 다가간 뺑덕은 자신은 널빤지에서 내려오고, 청이의 몸뚱이를 널빤지 위로 밀어올렸다. 생각보다 가벼웠다. 늘 펑퍼짐한 치마저고리를 입고 있어 몰랐는데, 청이의 젖은 몸은 깡말라 있었다. 궁핍한 살림살이에 어쩌다 기름진 게 생기면 어미 새가 새끼 먹이듯 늘 눈먼 아비 입에 먼저 넣어 드렸을 테니, 어찌 몸이 축나지 않겠는가?

뺑덕은 자신의 몸은 바닷물에 담근 채, 널빤지 위에 축 늘어져 있는 청이의 이마를 짚어 보았다. 싸늘했다. 바닷물에 오래 잠겨 있었던 탓일까? 아니면 짠물을 너무 많이 들이킨 탓일까? 뺑덕은 왼손으로는 널빤지를 붙잡고 오른손으로는 연신 청이의 가슴팍을 꾹꾹 눌렀다. 그때마다 청이의 몸은 바닷물을 조금씩 게워 냈다. 다음엔 청이의 몸을 널빤지를 마주 보게 엎드려 놓고는 등짝을 쿵

쿵 두드려 댔다. 두어 해 전에 삼개나루에서 짐꾼 하나가 강물에 빠져 물을 잔뜩 먹고 혼절했을 때, 늙은 뱃사람이 그리 살려내는 걸 본 기억이 떠올랐다. 그것이 잘하는 짓인지 못하는 짓인지는 알 길이 없었다. 시방 청이의 몸뚱이가 차갑게 식어 가는데, 마냥 손놓고 있을 수만은 없지 않은가.

그렇게 한참 동안 애를 쓰던 뺑덕은 잠시 고개를 들어 주위를 살펴보았다. 안개는 모두 걷히고 물결도 잔잔해졌는데, 무언가 이상했다. 지난봄 평양 가는 배 위에서 본 인당수의 물살은 매우 거칠고 빨라 보였는데, 오늘따라 물의 흐름이 거의 느껴지질 않는다. 마치 거대한 호수 한가운데 떠 있는 느낌이다. 이대로라면 백령도라는 섬에 가 닿을 가망은 없어 보였다.

'아, 이러면 안 되는데, 여기서 이대로 죽을 순 없는데······.'

그때였다. 유난히 몸집이 커다란 당두리[27] 두 척이 뺑덕의 시야에 들어왔다. 뺑덕은 청이가 실린 널빤지를 앞으로 밀면서 물속에서 힘껏 발길질을 했다. 그와 동시에 발길질보다 더욱 힘차게 소리를 질렀다.

"살려 주시오! 사람 살려 주시오!"

하지만 당두리는 그 소리를 들었는지 못 들었는지 제 갈 길을

---

27 **당두리:** 쌍돛을 단 커다란 고기잡이배.

갈 뿐이었다. 뺑덕은 눈앞을 가리는 물기를 훔쳐 내고 유심히 살펴보았다. 뱃사람들의 옷차림이 아무래도 조선 배가 아닌 듯했다. 뺑덕의 입에서 청국말이 튀어나왔다.

"주밍아! 저리유런!"

(살려 주시오! 여기 사람이 있소!)

그제야 알아차린 듯 당두리 두 척이 서서히 뱃머리를 돌렸다. 두 배의 사이엔 그물이 드리워져 있었다. 언젠가 아버지한테 들은 쌍끌이[28]다. 그렇다면 지금 뺑덕과 청이의 아래쪽엔 그물이 받치고 있을 것이다.

뱃머리에 서 있던 사내가 뺑덕을 향해 손짓하며 소리쳤다.

"바나셰반쯔렁댜오! 눙부하오주포화이왕!"

(그 널빤지 버려! 잘못하면 그물 찢어진다!)

선택의 여지도, 망설일 여유도 없었다. 뺑덕은 오른팔로 청이를 감싸 안고는 왼손으로 널빤지를 밀쳐냈다. 물속으로 가라앉지 않으려고 왼팔과 두 다리를 휘저어 보았지만, 이미 지칠 대로 지친 뺑덕으로선 역부족이었다.

"제발, 빨리 좀……."

---

28 **쌍끌이**: 두 척의 배가 하나의 커다란 그물을 동시에 끌어올리는 조업 방식. 한꺼번에 많은 물고기를 잡을 수 있다.

꼬르륵꼬르륵 연거푸 물이 목구멍을 타고 들어왔다. 그 절체절명의 순간에도 뺑덕은 정신을 잃는 청이에겐 물을 먹이지 않으려고 안간힘을 썼다. 벌써 몸이 이렇게 차가워졌는데, 이 상태에서 물을 더 먹으면 영영 못 깨어날지도 몰라. 뺑덕은 이를 악물고 발버둥을 쳤다. 하지만 때로는 사람의 정신력으로 도저히 이겨 낼 수 없는 시련도 있는 법. 뺑덕은 결국 청이를 끌어안은 채 까무룩 정신을 놓고 말았다.

비밀과 거짓말

뺑덕은 힘겹게 눈을 떴다. 마침 곁을 지키고 있던 늙수그레한 뱃사람이 조선말로 물었다.

"이제 좀 정신이 드는가?"

뺑덕은 정신을 차리려는 듯 몇 차례 고개를 흔들고는 주위를 둘러보았다. 어느 배의 선실인 듯했다.

"여, 여기는……."

"걱정 말게, 용궁은 아니니."

뺑덕이 미간을 찌푸리며 무언가를 생각해 내려는 듯한 표정을 짓자, 뱃사람이 다시 입을 열었다.

"기억나지 않는가? 아침에 우리가 바다에 빠진 자네 둘을 그물로 건져 올렸는데."

그제야 뺑덕은 어찌된 상황인지 알아차릴 수 있었다. 가까스로 몸을 일으키며 인사치레를 했다.

"아, 그렇군요. 고맙습니다. 한데 청이는……."

뺑덕은 황급히 주위를 둘러보았다. 청이는 자기 옆에 죽은 듯이 누워 있었다. 누군가 발끝부터 목까지 두툼한 이불을 덮어 준 상태였다. 재빨리 이마에 손을 가져다 대 보았다. 좀 서늘하긴 해도 체온이 남아 있었다.

"일단 허파로 흘러든 짠물을 얼추 토해 내게는 하였으나, 금세 도로 정신을 놓고 말았다네. 이 배 안에선 달리 어찌 해 볼 도리가 없으니, 뭍에 닿은 대로 의원에게 보여야 할 듯싶네."

"그, 그래도……."

뺑덕은 청이의 싸늘한 손을 주무르며 어쩔 줄을 몰라 했다.

"가만 놓아두게. 숨은 고른 편이니 쉬 죽지는 않을 게야. 지금으로서는 몸을 따숩게 하고 안정을 취하는 수밖엔 없네."

"예……."

"한데, 이 처자랑은 어떤 사인가? 자네 색시라도 되는가?"

"아, 아닙니다. 저, 저희는…… 오누이지간입니다."

뺑덕은 얼결에 그리 둘러댔다.

"오누이? 오누이가 어쩌다가 함께 바다에 빠진 겐가? 어느 집에서 노비 살이라도 하다가 도망치기라도 했는가?"

"그, 그건……."

"됐네. 말하기 뭐하면 안 해도 괜찮네. 살다 보면 누구라도 말 못할 곡절이 생기는 법이니."

"……"

"난 백가라 하네. 조선 출신이긴 하지만 지금은 등주 장 대인 그늘에서 아들 녀석과 함께 일하고 있지. 조선 사람이 어쩌다가 청나라에서 일하게 되었느냐 묻지는 말게나. 나도 자네 비밀 한 가질 덮어 주었으니 말일세."

"예, 아저씨."

잠깐의 정적이 흐른 뒤, 백가가 다시 입을 열었다.

"자넨 말수가 적은 편이로구먼. 내가 먼저 소개를 했으니, 자네도 이름 석 자쯤은 알려줘야 하지 않겠나?"

"아, 제 이름요?"

"그래. 어디 살던 뉜가?"

뺑덕은 잠시 뜸을 들인 뒤 이렇게 대답했다.

"저는 황주 살던 심덕이라고 합니다. 제 누이는 청이고요. 둘 다 외자지요."

순간적인 판단이지만, 청이의 성씨를 제멋대로 바꾸기보다는 자신의 성을 바꾸는 편이 낫다 싶었다. 어차피 뺑덕이란 이름도 가짜이니 말이다.

"허허, 그렇구먼. 이름 석 자가 아니라 두 자……."

다소 객쩍은 농으로 말끝을 흐리던 백가가 문뜩 떠오른 듯 물었다.

"아참! 자네 아까 물에 빠졌을 때, 청국말로 살려 달라 외치지 않았는가?"

"아, 예······."

뺑덕은 뒤통수를 긁적이며 당혹스러워했다.

"차림새로는 그저 평범한 농투성이로 보이는데, 어찌 청국말을 다 아는가?"

하나의 거짓은 또 다른 거짓을 부르는 법. 뺑덕은 능청스럽게 과거사를 지어냈다.

"돌아가신 부친께서 한때 압록강변의 의주[29]와 책문[30]을 오가며 장사를 좀 하셨습니다. 저도 아버님 일을 돕다 보니, 어깨너머로 조금 배우게 된 것입니다."

물론 아버지가 국경을 넘나들며 장사를 했다는 건 새빨간 거짓말은 아니다. 그 무렵의 역관들은 공식적으로는 역관의 직무를 수행하는 한편, 사적으로는 청나라와의 무역을 통하여 큰 이문을 챙기는 것이 관례였으니 말이다. 하지만 뺑덕은 청나라 땅인 책문은커녕 의주에도 발을 디딘 적이 없다. 혹시라도 백가가 무언가를 더

---

29 **의주:** 평안도 북서부 압록강변의 국경도시.
30 **책문:** 본래는 말뚝을 엮어 만든 울타리(柵)의 문을 뜻하는 말이다. 조선시대 압록강 너머에 있던 조선과 청나라 사이의 국경 세관을 가리킨다.

캐물을까 겁이 나, 얼른 화제를 바꿨다.

"한데, 아저씨. 청국 배가 어찌하여 백령도까지 와서 고기잡이를 하는 건가요?"

"그야 고기가 많이 잡히니까 먼 길을 마다하지 않고 달려오는 게지. 해마다 봄가을이면 백령도 인근 바다에 조기 떼가 엄청나게 몰려들거든. 그 무렵엔 바닷물을 한 바가지 뜨면 '물 반 조기 반'이란 말이 나올 정도지. 덕분에 우리 배도 자네들을 발견하기 전 며칠 사이에 만선을 하였다네."

"아무리 그래도 그렇지, 백령도가 조선 땅이니 그 둘레 바다도 조선 어부들의 몫이 아닌가요?"

"백령도가 조선 땅이라……"

"아닙니까요? 제가 잘못 알고 있는 건가요?"

"뭐 명목상으로는 조선 땅이겠지. 허나, 실상은 해랑적[31]의 소굴이나 마찬가질세."

"해랑적요? 그게 뭡니까요?"

"해적들일세. 한때는 조선 조정에서 백령도에 관군을 주둔시키기도 하였으나, 그놈들 등쌀에 견디질 못하고 흩어져 버렸다네."

"그럼 그자들은 청나라 사람인가요?"

---

31 **해랑적**: 요동반도 앞 발해만에 위치한 해랑도의 도적이란 뜻이다. 해적과 같은 뜻으로 쓰인다.

"그깟 놈들에게 국적이 무슨 소용이겠나? 청에서든 조선에서든 속히 없애 버리고 싶은 골칫덩어리인걸. 우리 등주의 상선이나 고깃배들도 항해 중에 그놈들과 마주치지 않으려 조심한다네."

겉으로는 귀담아듣는 척했지만, 사실 백령도니 해랑적이니 하는 것들은 뺑덕의 관심사가 아니었다. 정작 궁금한 것은 청이와 자신의 앞길이었다. 뺑덕이 다시 물었다.

"아저씨, 이 배는 지금 어디로 가는 겁니까요?"

"그야 등주에서 왔으니 등주로 돌아가야지. 마침 순풍이 불어 주고 있으니, 이삼 일이면 당도할 걸세."

"등주라면, 산동[32]의 등주 말씀인가요?"

"잘 아는구먼. 산동성에선 으뜸가는 항구지. 지금 자네가 탄 이 배는 등주 최고의 거상이신 장 대인께서 부리시는 고깃배들 가운데 하나라네."

뺑덕은 배를 돌리기엔 이미 너무 늦었다는 걸 알았다. 일단은 등주로 묻어가는 수밖에 없다. 그곳에서 청이의 기력이 회복되면, 다시 조선으로 돌아올 방도를 찾으리라 생각했다. 하지만 청이는 도무지 깨어날 기미를 보이지 않았다. 설마 이대로 세상을 등져 버리려는 건 아니겠지? 가슴에 바윗돌을 얹은 듯 갑갑했다.

---

32 **산동**: 중국 동부 산동반도에 자리 잡은 성(행정구역). 중국어 발음으로는 '산둥'이다.

장가방의 백 부자(父子)

 바다 위에서 이틀 밤을 보내고 사흘째 아침에야 등주항이 눈에 들어왔다. 맨 먼저 뺑덕의 눈길을 사로잡은 것은 해안 절벽을 활용해 쌓은 우람한 성벽이었다. 어림짐작으로도 그 높이가 한양 도성을 둘러싼 성벽의 곱절은 돼 보였다. 병법에 문외한인 뺑덕이 보기에도 자연 지형을 잘 살려 구축한 천혜의 요새였다. 그리고 성벽의 한쪽 끄트머리 절벽 위, 등주 앞바다가 한눈에 내려다보임직한 자리에 이층 누각이 우뚝 솟아 있었다.

 "저기가 바로 명나라 때 쌓은 등주수성[33]이라네. 지금 자네가 보고 있는 것은 봉래각[34]이고. 듣자 하니, 등주의 옛 이름이 봉래였

---

33 **등주수성**: 명나라 때 왜구의 침입을 막기 위해 쌓은 해안 방어 시설.
34 **봉래각**: 송나라 때인 1061년에 지은 누각으로, 중국 4대 누각 중 하나로 손꼽힌다.

다고 하더군. 우리 배는 수성 안쪽으로 들어가서 댈 터이니, 슬슬 채비하게나."

배가 포구에 닿기 무섭게 백가와 뺑덕은 청이를 들것에 실어 의원 집으로 향했다.

"송 의원이라고 등주에선 으뜸가는 의원이라네. 장 대인께서도 몸이 편치 않을 때면 으레 이곳을 찾으시지."

송 의원은 뜻밖에도 젊은 사람이었다. 이제 갓 서른이나 되었을까? 하지만 백가는 정중하게 허리를 굽히어 인사를 올렸다. 둘은 이미 안면이 있는 사이인 듯 보였다. 송 의원은 백가한테서 저간의 사정을 들으면서 찬찬이 청이의 몸 상태를 살폈다. 조바심이 난 뺑덕이 참다못해 물었다.

"쩐머양, 이성?"

(좀 어떻습니까요, 의원님?)

송 의원은 입을 여는 대신에 무릎 왼편에 놓인 침통을 열었다. 그러고는 환자의 팔다리에 몇 군데 침을 놓더니 마지막으로 정수리 한가운데 대침을 꽂았다. 의원이 손을 떼는 순간 침끝이 파르르 떨렸다. 그러자 청이가 미간을 찡그렸다.

"베둥!"

(가만히 있게!)

송 의원의 말을 뺑덕이 얼른 청이에게 전했다.

"청아, 움직이지 마. 가만히 있으래."

어렴풋이 눈을 뜬 청이는 몹시 혼란스러웠다. 도대체 이게 어찌 된 일일까? 분명 인당수에 몸을 던졌는데, 내 몸뚱이가 바닷물에 풍덩 빠지는 순간 정신을 잃은 듯한데…….

곁에 있던 백가도 거들었다.

"그래, 이젠 살았으니 아무 염려 말아라. 네 오라비가 널 살렸다."

뺑덕이 청이 눈치를 살피며 손사래를 쳤다.

"아, 아닙니다, 아저씨. 등주 고깃배를 만나지 못했으면 저희 오누이는 진즉에 물고기 밥이 되었을걸요."

그런 다음 송 의원 쪽으로 고개를 돌리더니 유창한 청국말로 물었다.

"이성, 워메이메이쩐머양? 워먼콰이디얼후이차오셴취, 후이푸젠캉야오둬창스젠?"

(의원님, 제 누이는 어떻습니까요? 하루 빨리 조선으로 돌아가야 하는데, 쾌차하려면 얼마나 걸릴까요?)

송 의원은 눈을 지그시 감은 채 천천히 고개를 저었다.

이부자리에 누워 눈꺼풀만 껌벅이던 청이는 뺑덕에게 묻고 싶었다.

'뺑덕아, 여긴 어디니? 저 사람들은 또 누구고? 인당수에 빠진 내가 어떻게 살아난 거야?'

그보다 더 이해하기 어려운 것은 도화동 벙어리 뺑덕이 지금 말을 하고 있다는 사실이었다. 조선말은 물론 청국말까지 유창하게.

'넌 도대체 어떻게 된 거야? 왜 이런 곳에 나랑 함께 있는 거며, 어떻게 해서 말을 할 수 있게 된 거냐고? 그리고 우리가 오누이 사이라니, 그건 또 무슨 소리야?'

청이는 혀를 움직이며 입술을 달싹거리려 애썼지만, 입밖으로는 소리 한마디 새어 나오지 않았다. 순간 청이는 자신이 이미 저승에 온 것인지도 모른다는 생각이 들었다. 이승의 벙어리였던 뺑덕은 말문이 트이고, 이승에선 말 잘하던 자신은 소리 한마디 내질 못하니 말이다. 저승은 그렇게 이승과는 정반대일지도 모른다. 만약 그렇다면 우리 아버지도 저승에선 두 눈 밝히 보시려나. 하지만 그 생각은 이내 물거품처럼 톡 터지고 말았다. 지금 자신의 두 눈이 뺑덕을 또렷하게 보고 있지 않은가.

"셴짜이부넝파추성인. 진완차이하오좐보쯔허서터우더빙칭."

(지금은 소리를 낼 수 없을 게야. 목과 혀가 풀리려면 오늘밤이나 되어야 할 걸세.)

송 의원이 침을 모두 뽑아 내자, 청이는 힘겹게 윗몸을 일으켰다. 송 의원은 일단 보름치 약을 지어 주었다. 한기가 든 청이의 몸을 보하는 약이라 했다. 무리해서 몸을 움직이지 말 것이며, 혹시라도 몸이 나빠지거든 언제든 찾아오라는 말도 덧붙였다.

의원 댁을 나온 뺑덕과 청이는 백가가 이끄는 대로 발길을 옮겼다. 청이 혼자선 몸을 가누기가 힘들어, 하는 수 없이 뺑덕이 걷는 내내 곁부축을 해야만 했다. 청이는 미안해하는 기색이었으나 뺑덕은 기분 좋은 내색을 하지 않으려 애를 썼다.

"저, 그런데, 백씨 아저씨?"

"왜 그러나?"

"약값은 어찌 치르신 건가요?"

"아, 그건 걱정 말게. 우리 장가방[35]에선 매달 초하루에 약값을 한몫에 치른다네."

"그래도 저희가 이렇게 폐를 끼쳐도 되는 건지……."

"정 그렇게 마음이 쓰이거든, 나중에 일을 해서 갚으면 되지 뭐. 허허허."

그렇게 얼마쯤 걸어가는데, 한 사내가 빠른 걸음으로 뒤쫓아 오며 소리쳤다.

"아버지!"

세 사람은 걸음을 멈추고 뒤를 돌아보았다. 훤칠한 키에 값나가는 비단옷을 걸친 준수한 사내였다. 백가가 오른손을 번쩍 들며 화답했다.

---

35 **장가방**: 등주 내에서 장 대인이 관할하는 지역과 거기에 소속된 사람들을 아울러 이르는 말.

"오, 봉일단 우리 아드님 오시는구먼!"

두 사람은 반갑게 얼싸안았다. 그런 다음 몸을 떼면서 아들이 입을 열었다.

"아니, 아버지. 보름 만에 돌아오셨으면서, 집에 먼저 안 들르시고요?"

"아, 그게 말이다. 좀 챙겨 줘야 할 사람들이 있어서……."

백가는 뺑덕과 청이 쪽으로 고개를 돌렸다. 아들도 그 둘을 번갈아 보았다.

"이쪽은 조선에서 온 심덕과 심청 오누이고, 이쪽은 내 아들 백기훈일세. 서로 인사 나누게. 앞으로 장가방 내에서 종종 마주칠 일이 생길 터이니."

뺑덕과 백기훈은 가벼운 목례를 주고받았다. 뺑덕에게 부축받고 있는 청이는 살며시 눈인사로 대신했다. 기훈의 눈길이 잠시 청이의 얼굴에 머물렀다.

백가가 아들의 손을 잡으며 말했다.

"백 서기, 난 그만 집에 들어가 쉴 터이니, 자네가 이 두 사람을 좀 챙겨 주게. 빈관에 방 하나 내주고, 아직 식전이니 조반도 좀 챙겨 주고. 아참! 이 처자는 몸이 성칠 않으니, 밥보다는 죽이 나을 게야."

기훈이 한 번 더 청이 얼굴을 살피고는 대답했다.

"예, 아버지. 아무 염려 마시고 들어가셔서 제발 푹 좀 쉬세요."

백가를 보내고 세 사람은 다시 걸었다. 청이를 부축해야 하는 탓에 걸음걸이는 무척 더뎠다. 그래도 오래가지 않아 목적지에 닿았다.

"자, 일단은 이곳에 머물게. 우리 장가방을 찾는 손님들을 위한 빈관이라네. 조선으로 치면 사랑채 같은 곳이지. 둘은 오누이 간이니 당분간 한방을 써도 괜찮겠지?"

기훈이 가리킨 곳은 지은 지 얼마 안 돼 보이는 말끔한 기와집이었다. 길이가 족히 삼십 보는 됨직한 기다란 건물에 여러 칸의 방이 잇달아 있는데, 섬돌 위의 신발들을 보니 이미 몇 칸에는 손님들이 들어차 있는 모양이었다.

"방에 들어가 잠시만 기다리게. 조반을 내오라 이를 터이니."

기훈은 아버지의 당부를 착실히 수행했다. 주방에 일러 뺑덕의 아침과 청이 몫의 죽을 보내 주었고, 뺑덕이 따로 부탁한 화로와 약탕관까지 손수 얻어다 주었다.

늦은 아침 식사를 마친 뒤, 뺑덕은 청이를 위해 이부자리를 펴 주고는 밖으로 나왔다. 빈 방에 단둘이 있기가 영 머쓱했기 때문이다. 빈관 앞마당 한구석에서 화로에 불을 지피고 약탕관에 약을 달이기 시작했다. 송 의원이 지어 준 약이다. 약 달이는 일이라면 약전현의 외가에서 하도 많이 해 본 터라 이골이 났다.

화로 곁을 지키며 설렁설렁 부채질을 하는데, 기훈이 다가왔다.

"누이 먹일 약인가?"

"아, 예……."

"아버지께 듣자 하니, 청국말을 썩 잘한다면서?"

기훈이 뺑덕한테서 두 걸음쯤 떨어진 화단 돌에 걸터앉으며 물었다. 아마 그사이 집에라도 다녀온 모양이다.

"예, 조금……."

"그리고 또 무얼 할 줄 아는가?"

"약초 캐는 일과 약재 손질하는 일을 좀 합니다만……."

"오! 마침 잘됐네. 비단전과 약재전에서 사환을 좀 구해 달라 했는데, 내일부터 우리 약재전 일을 거들어 줄 수 있겠는가?"

목숨을 빚지고 더부살이까지 하는 형편에 뺑덕으로선 싫다 좋다 할 처지가 아니다.

"예, 그리 하지요."

대답하면서 기훈의 얼굴을 비스듬히 올려다보았다. 시원시원한 이목구비와 서글서글한 눈매, 맑으면서도 힘 있는 목소리. 지난봄 세상을 뜬 병욱이 형을 닮았다. 나이는 얼마나 되었을까?

"저…… 올해 연세가?"

"아, 나는 스물다섯일세. 자넨 몇인가?"

"예, 저는 열여덟입니다."

"그래, 그쯤일 거라 예상했네. 겨우 일곱 살 차이니, 이제부터 편하게 형님이라 부르게."

"아니, 제가 어떻게 감히······."

"괜찮으이. 나도 이렇게 조선말로 이야기 나눌 아우가 생겨 무척 기쁘다네. 다른 일꾼들 있는 데선 백 서기라 부르고, 우리끼리 있을 때만 형님 아우 하면 되지 않는가?"

"저, 그럼······ 그리 하겠습니다, 형님······."

"잘했네. 이 얼마나 듣기 좋은가?"

"한데, 형님?"

"왜? 뭐 궁금한 거라도 있는가?"

"아까 백씨 아저씨께서 형님을 부르실 때 봉일단이라고도 하시고 백 서기라고도 하시던데, 그건 다 무슨 말입니까?"

"아하 그거! 봉일단은 우리 장가방 내에서 젊은 일꾼을 길러 내는 훈련단이고, 서기는 지금 내가 맡고 있는 직책일세."

기훈은 대수롭지 않은 듯 대답했지만, 실상은 그리 녹록한 과정이나 직책이 아니었다. 우선 봉일단은 봉래(등주)에서 으뜸가는 단체라는 뜻으로, 장가방뿐 아니라 등주 전역의 젊은이들에게 선망의 대상이 되는 훈련단이었다. 삼 년에 한 차례씩 나이 스물 전후의 젊은이들을 선발하는데, 스무 명 정원에 수백 명의 젊은이가 몰려든다. 개중에는 한족과 여진족은 물론 간혹 조선 사람도 섞여 있다. 사람의 성품과 능력만 좋다면 핏줄 따윈 개의치 않고 등용하는 장가방의 정책 덕이었다. 여하튼 지원자들 가운데 딱 스물만 가려 뽑아, 삼 년 동안 경서·법률·상술·천문·항해·무술 등 최고의 상인이 갖추어야 할 덕목들을 체계적으로 가르친다. 그 과정이 정신적·육체적으로 얼마나 힘든지 삼 년 뒤 수료식에는 불과 대여섯만이 살아남는다. 특히, 백기훈이 수료하던 재작년에는 생존자가 딱 셋이었는데, 그 가운데 백기훈이 장원을 차지했다고 한다.

  서기라는 직책도 마찬가지다. 장가방 내에 수십 명의 서기가 있지만, 백기훈은 장 대인의 복심이라 할 수 있는 본전의 서기다. 비록 봉일단 장원 출신이라고는 하나 백기훈이 그 자리에 앉은 것은, 그에 대한 장 대인의 신임이 얼마나 두터운지를 여실히 보여 준다. 물론 그러한 속사정은 뺑덕이 장가방 생활을 얼마쯤 한 뒤에 알게 된 것이다.

가짜 오누이

등주에서의 첫날밤이 깊어 간다. 엊그제가 한가위였을 텐데, 창호지를 통해 스며드는 달빛은 여전히 밝다. 아침저녁으로 죽을 먹고 뺑덕이 달여 준 약까지 얻어먹은 덕에 청이는 기운을 좀 차렸다. 하지만 통 잠이 오질 않는다. 배 안에서 워낙 오랫동안 정신을 잃고 쓰러져 있었던 탓일지도 모른다. 그것도 잠이라면 정말 긴 잠을 잔 셈이니까.

청이가 고개를 모로 돌려 방 저쪽 구석에서 벽을 향하여 누운 뺑덕의 등을 바라본다. 벌써 잠이 든 걸까?

"저기, 뺑덕……."

무어라 불러야 할까? 왠지 예전처럼 '뺑덕아'라고 하면 안 될 것만 같다.

뺑덕이 반색하며 돌아누웠다.

"어? 청이 너, 목이 좀 풀렸나 보네?"

"응. 아까 저녁 약 먹고는……."

"정말 다행이야. 걱정 많이 했는데."

"저기, 근데……."

그날 밤 뺑덕과 청이는 양팔만큼의 거리를 둔 채 나란히 누워 조곤조곤 이야기를 나누었다. 참으로 길고도 깊은 이야기였다. 청이는 궁금해하던 모든 것을 빠짐없이 물어보았고, 뺑덕은 지나온 일들을 꾸밈없이 들려주었다. 아버지와 형을 잃고 어머니랑 단둘이 도화동으로 흘러든 이야기며, 신분을 감추려 벙어리 행세를 한 사정까지.

"그랬구나……. 근데 왜 그런 맘을 먹은 거야? 내가 이녁[36]한테 뭐라고 목숨까지 건 거야?"

"그냥, 딱해서……."

"딱해? 내가? 난 평소에 늘 그쪽이 더 딱하다고 생각했는데……."

말끝에 청이가 피식 웃었다. 덕이는 마음이 한결 가벼워졌다. 자신의 아픈 상처를 처음으로 속 시원히 털어놓아서인지 아니면 단지 청이가 웃어서인지, 그건 알 수 없었다.

"말을 너무 많이 했나 봐. 갑자기 피곤이 몰려오네."

---

36 **이녁**: 듣는 이를 조금 낮추어 이르는 이인칭 대명사. '하오'할 자리에 쓴다.

"어, 그래, 청아. 이제라도 눈 좀 붙여."

"응. 나 좀 잘게. 덕이 오라버니……."

청이는 말꼬리를 흐리며 잠 속으로 떨어졌다. 그 순간 뺑덕은 번갯불이 정수리에 떨어져 발끝으로 빠져나가는 느낌이 들었다. 얼굴이 화끈거리고 심장이 쿵쾅거렸다.

'덕이 오라버니?'

청이가 날 오라버니라고 불렀다! 그래, 오늘부터 나는 청이 오라버니 덕이다. 누이야, 아무 염려 마라. 우리 함께 조선으로 돌아가는 그날까지, 이 오라비가 반드시 널 지켜줄 테니. 뺑덕은 이제 철저하게 심청의 오라버니 심덕으로 살겠다고 작정했다.

이튿날부터 심덕은 바빠졌다. 아침저녁으로 청이의 끼니와 약을 챙기고, 낮에는 온종일 약재전에서 약재를 분류하고 손질하는 일을 했다. 가끔은 백 서기의 심부름으로 등주항이나 장가방의 점포 곳곳을 다녀오기도 했다. 비록 몸은 고단했지만 청이가 곁에 있다는 사실만으로도 하루하루가 꿈결 같은 나날이었다.

한 가지 근심거리가 있다면, 청이의 몸이 별 차도를 보이지 않는다는 점이었다. 벌써 보름치나 약을 지어다 먹였는데 말이다. 송 의원은 아무래도 한기가 뼛속까지 스며들어 완쾌하려면 시일이 꽤 걸릴 듯하다고 했다.

"루궈부주중바오양선티, 이허우쿵파부녕화이원. 안스츠판허야오, 유쿵주후시신셴더쿵치, 싼싼부바. 위화차오다자오다오예스하오 반파."

(자칫 몸 관리를 소홀히 하면 나중에 아기를 갖기 어려워질 수도 있네. 밥과 약을 제때에 챙겨 먹고, 틈나는 대로 맑은 공기를 쐬며 가벼운 산책을 하도록 하게. 화초를 가까이하는 것도 좋은 방편일세.)

송 의원의 권유에 따라 청이는 장가방의 화원 가꾸는 일을 시작했다. 늦가을이라 아침저녁으로는 공기가 제법 쌀쌀하니, 한낮에만 조금씩 일을 하기로 했다. 그건 조선에서 온 오누이를 위한 백기훈의 배려였다. 백 서기는 청이의 처소도 장가방의 여자 사환들이 머무는 봉화원으로 옮겨 주었다.

"아무리 오누이 간이라지만 젊은 남녀가 오래도록 한방에 기거하는 것은 그다지 보기 좋은 일이 아니지 않은가? 이제 청이 몸 상태도, 저 먹을 약 달이는 일쯤은 혼자서 할 만큼은 되었고."

심덕과 청이도 그 말에 기꺼이 동의했다. 사실 지난 보름 동안 같은 방을 쓰면서 두 남녀는 서로 불편하고 어색한 순간들이 많았다. 낮에야 그럭저럭 서로 자리를 피해 주며 방을 쓴다지만, 문제는 밤이었다. 피 한 방울 섞이지 않은 청춘 남녀가 한방에서 단둘이 잔다는 게 어디 쉬운 일이었겠는가? 혈기 방장한 덕이는 자꾸 딴생각이 나서 뒤척거리고, 청이도 그 소리에 괜히 싱숭생숭해져 잠을 못 이루는 날이 태반이었다.

하지만 정작 청이가 빈관을 떠나자 덕이는 가슴 한가운데 커다란 구멍이 뚫린 것처럼 써늘했다. 기껏해야 청이가 쓰던 물건 몇 가지가 눈에서 사라진 것뿐인데 말이다. 봉화원으로 자리를 옮긴 청이의 마음도 헛헛하긴 마찬가지였다. 잠자리도 한결 깔끔할뿐더러, 함께 수다 떨며 청국말 배울 수 있는 동무들까지 생겼는데 말이다.

청이는 철이 든 뒤로 누군가에게 의지해 본 적이 없는 아이였다. 보통은 아버지를 집안의 기둥이라 하지만, 심 봉사는 청이가 기대기엔 너무나 부실한 기둥이었다. 오히려 먹을 것 입을 것을 비롯해 일상사의 자잘한 것들까지 일일이 챙겨 주어야만 하는 아기 같았다. 그런 청이에게 난생처음 기대고픈 사람이 생긴 것이다. 엄연히 자기 마음이건만, 청이는 빈관을 떠난 뒤에야 그 변화를 어렴풋이 알아차렸다.

봄나들이

 그 뒤로 덕이와 청이는 각자에게 주어진 일을 열심히 했다. 물론 이따금 덕이가 약재를 챙겨 청이의 처소를 찾기도 했고, 반대로 청이가 색다른 먹을거리를 구해 덕이의 처소를 찾기도 했다. 그때마다 둘이는 그동안 어찌 지냈는지 서로의 일상사를 시시콜콜 이야기했다. 남들이 보기에는 참 다정한 오누이구나 싶겠지만, 기실 둘이는 남몰래 애틋한 정분이라도 쌓아 가는 기분이었다.
 그러는 사이 계절이 바뀌고 해가 바뀌었다. 이따금 청이는 덕이에게 도화동 이야기를 꺼내곤 했다. 올 아버진 눈을 뜨셨을까? 혹시라도 훌쩍 떠나 버린 매정한 딸년 원망은 안 하시려나? 귀덕 어머니랑 동네 사람들이 잘 보살펴 주고 있겠지? 그리고 이야기의 끝은 하루 빨리 아버지 곁으로 돌아가고 싶다는 것이었다.
 덕이라고 어머니 걱정이 없을 리 만무였다. 어머닌 저고리 편지를 보셨겠지? 그걸 적을 때만 해도 수일 안으로 돌아갈 수 있을 거라 생각했는데……. 어머니는 내가 어디서 어떻게 지내는지 짐작도 못하실 테지. 이 세상에 달랑 하나 남은 자식새끼가 하루아침에 사라져 버렸으니, 얼마나 놀라시고 얼마나 괴로우실까?

두 사람 모두 하루 속히 도화동으로 돌아가야만 하는 분명한 이유가 있는 셈이었다. 문제는 청이의 몸 상태였다. 덕이는 맑은 공기를 쐬고 가벼운 산책을 하는 것이 청이에게 도움이 된다는 송 의원의 말을 떠올렸다. 하여, 날이 좀 더 풀리면 청이를 위해 작은 선물을 하리라 마음먹었다.

덕이를 비롯한 장가방의 사환들은 아흐레 일하고 하루를 쉬었다. 각각의 점포 문을 닫고 모든 사환이 한꺼번에 쉬는 게 아니라, 사환들끼리 번을 정하여 돌아가면서 쉰다. 하지만 청이처럼 화원에 속한 여사환들에겐 따로 쉬는 날이 정해져 있지 않았다. 어찌 보면 하루하루가 일하는 날이요 하루하루가 쉬는 날인 셈이었다. 본가가 등주 인근인 여사환들은 화원장 할멈에게 사정을 이야기하고 사나흘씩 휴가를 얻기도 했다. 물론 쉬는 날짜만큼 나중에 받을 품삯이 줄기는 하지만.

"저기, 닷새 뒤에 하루쯤 쉴 수 있나?"

하루는 일과를 마친 덕이가 화원에 들러 슬그머니 물었다. 청이는 고개를 갸웃하며 대꾸했다.

"왜? 오라버니 뭔 일 있어?"

"아니, 봄도 되고 했으니 바깥바람이나 쐴까 해서……. 송 의원께서도 맑은 공기 마시며 산책하는 게 몸에 좋다고 하셨잖아?"

덕이가 청이를 위해 준비한 작은 선물은 바로 봄나들이였다. 약재전에서 함께 일하는 선배 사환에게 물어 마땅한 장소도 이미 물색해 놓은 터였다.

한데, 청이가 짐짓 뜨악한 표정을 지으며 묻는다.

"설마 단둘이?"

당황한 덕이가 우물쭈물 대답을 못하자, 청이가 한마디 덧붙인다.

"에이, 사람들 이목도 있는데 어떻게……."

비어져 나오는 웃음을 피할 요량으로 청이는 이미 고개를 외로 돌렸다. 그런 줄도 모르고 덕이는 애먼 화초 잎을 만지작거리며 소심하게 대꾸한다.

"뭐 어때? 오누이 사이에 그깟 봄나들이도 못하나?"

청이가 손으로 제 입을 가리며 킥킥댄다.

"히히히, 우리 오라버니 이제 보니 영 숙맥이시네. 그래 가지고 어디 장가나 제대로 들겠수?"

여하튼 그렇게 날이 잡혔고, 덕이와 청이는 설레는 가슴으로 그날을 맞았다.

그날은 마침 겨울잠을 자던 개구리도 땅에서 기어 나온다는 경

칩이었다. 다소 이른 봄이긴 하였으나, 하늘의 도우심인지 날이 무척 포근했다. 장가방의 울타리를 벗어나자 적당히 우거진 솔숲이 나왔다. 장가방 내에서는 너더댓 걸음 떨어져 뒤따르던 청이가 덕이 옆으로 바투 다가섰다.

"오라버니, 모처럼 밖에 나오니 참 좋다. 근데 우리 어디 가는 거야?"

"응, 가 보면 알아. 예서 멀지 않은 곳이야."

덕이는 청이의 몸 상태를 고려해 느릿느릿 걸었다. 본디 조랑말 같던 청이지만, 아직은 예전처럼 팔딱팔딱 뛰어다니진 못한다. 청이는 지금 오라버니의 걸음이 자신에게 딱 맞는다고 느꼈다. 솔숲을 지나니 곧바로 바닷가 모래밭이 펼쳐졌다. 꽤 널찍한 백사장이 봄날의 햇살을 받아 눈부시게 빛났다. 덕이는 걸음을 좀 더 늦추었다. 모래밭을 걷는 건 솔숲을 걷는 일보다 힘이 들 거라는 판단도 있었지만, 청이와 나란히 걷는 이 시간을 되도록 천천히 만끽하고픈 마음이 컸다.

"이제 보니, 오라버니 발 무척 크다."

모래밭 위에 찍힌 덕이 발자국에 제 발을 담가 보며, 청이가 호들갑스레 소리쳤다.

"귀덕 어머니가 발 크면 도둑놈이라 그랬는데……."

덕이를 놀리려 농으로 하는 소리다. 그런 줄 알면서도 덕이는 속으로 생각했다.

'오냐, 이 오래비가 도둑놈이다. 예쁜 청이 보쌈해 가려는 도둑.'

그러면서 피실피실 웃음이 나왔다.

"오라버니, 뭐 좋은 일 있남? 실없이 피식거리게."

"아, 아니다……. 오! 다 왔네. 저기 저 바위."

덕이가 손으로 가리킨 곳엔 백사장을 잘라먹으며 바다를 향해 튀어 나온 바위 무더기가 있었다. 개중에 가장 도드라진 바위 하나가 청이 눈에 들어왔다.

"어? 거북이네."

"맞아. 이곳 사람들이 거북바위라 부른다더라. 저 거북이 등에 올라앉으면 신선노름이 따로없대."

앞장서 오르던 덕이가 뒤따르는 청이에게 손을 내밀었다.

"힘들면 오라비 손 붙잡아도 돼."

"아니, 괜찮아. 이쯤은 혼자서도 오를 만해."

거북바위 오르는 길은 그닥 가파르지 않았다. 고만고만한 바윗돌을 번갈아 디디며 열댓 걸음 오르면 그만이었다. 바다 쪽으로 불룩 내민 돌머리는 영락없는 거북인데, 등판은 장정 대여섯이 둘러앉아 술판을 벌여도 될 만큼 널찍하고 편편했다.

덕이는 제 손바닥으로 거북 등판의 모래며 검불 따위를 쓱쓱 쓸어내고는 청이더러 거기 앉으라고 손짓을 했다. 자리에 앉은 청이는 손에 들고 온 작은 자줏빛 보퉁이를 풀었다. 오는 내내 덕이가 들어 주마고 하여도 한사코 마다하던 보퉁이였다. 그 안에는 뚜껑까지 덮인 놋주발이 놓여 있었고, 주발 옆에는 숟가락 두 개가 나란히 포개져 있었다.

"이게 뭐야? 청이 네가 만든 거니?"

"응, 오라버니랑 함께 먹으려고."

주발 뚜껑을 여니, 먹음직스런 팥죽이 한가득 담겨 있었다. 청이가 숟가락 하나를 덕이에게 건네며 사뭇 진지하게 말했다.

"우리 조선에선 팥죽이 귀신이나 나쁜 기운을 쫓아 준다고 믿잖아. 이거 먹고 나면, 앞으로 우리한테 더는 불행한 일이 생기지 않을 거야. 자, 오라버니 먼저 한 술 떠 봐."

누구에게 제대로 요리를 배울 기회가 없었던 탓인지, 청이의 팥죽 맛은 그저 그랬다. 하지만 덕이는 푹푹 떠서 후룩후룩 잘도 먹었다. 정녕 청이의 말대로만 된다면, 삶지 않은 날팥이라도 와작와작 씹어 먹을 수 있을 듯했다.

놋주발을 말끔히 비운 뒤, 덕이가 왼손으로 바다를 가리키며 말했다.

"저기 저쪽이 조선이래. 거북바위의 머리가 향하고 있는 곳."

보퉁이를 싸던 청이가 고개를 들어 그쪽을 바라보았다. 뭍에서 튕겨져 나간 바위섬 몇이 점점이 떠 있을 뿐 뭍이라고는 보이지 않았다. 아득한 수평선 저 너머에 조선 땅이, 눈먼 아비만 홀로 남겨진 도화동이 있다는 게 도통 실감나지를 않았다.

"오라버니, 오라버닌 조선으로 돌아가기 싫겠다."

먼 바다에 눈길을 둔 채로 청이가 한마디 툭 던졌다. 덕이는 눈만 꿈적거릴 뿐 아무런 반응도 보이지 않았다. 청이가 다시 물었다.

"오라버니, 혹시 나 좋아해?"

뜬금없는 청이의 말에 덕이가 당황한 표정으로 말을 더듬었다.

"그, 그야, 당연하지. 오래비가 누이를 아끼고 귀애하는 건 마땅한 일이잖아?"

청이는 여전히 바다만 바라보며 심드렁하게 대꾸했다.

"그렇구나."

둘은 한동안 입은 꾹 닫은 채, 쉼 없이 달려와 갯바위에 제 몸을 부딪어 망가지는 파도를 지켜보았고, 바람에 실려 오는 짭조름한 바다 냄새를 느꼈다.

덕이는 생각했다. 청이가 날 사랑해 주면 좋겠다. 역적의 자식이어도, 평생 숨어 살아야만 하는 신세라도, 거짓 벙어리 행세를 하며 천덕꾸러기처럼 살더라도, 그런 나를 사랑해 주면 좋겠다. 동정이 아닌 사랑으로 나를 보듬어 주면 참말 좋겠다. 하지만 그건, 그러잖아도 힘든 세월을 견디어 온 청이에게 또 하나의 무거운 짐을 지우는 일이라 여겨졌다.

청이도 생각했다. 덕이가 날 버리지 않으면 좋겠다. 도화동으로 돌아가도, 늙고 가난하고 눈까지 먼 아비를 평생 모셔야 해도, 그로 인해 며느리 노릇 아내 구실 제대로 못하더라도, 그런 나를 버리지 않으면 좋겠다. 지금처럼 든든하게 내 곁을 지켜 주면 참말 좋겠다. 하지만 그건, 어쩌면 새로운 인생을 꿈꿀지도 모르는 덕이의 발목을 붙잡는 일이라 여겨졌다.

"오라버니, 그만 가자. 바람이 좀 차네."

청이가 먼저 일어섰다.

"어, 그래."

덕이도 따라 일어섰다.

"이젠 오라버니가 들어."

청이가 보퉁이를 내밀자 덕이가 받아 들었다.

모래밭을 지나 다시 솔숲으로 접어들 무렵, 청이가 슬그머니 덕이의 손을 잡았다. 보퉁이를 들지 않은 왼쪽 손이었다. 덕이는 순간적으로 움찔하였으나, 청이의 손을 뿌리치지는 않았다.

"정말 추웠나 보네? 손이 차가워."

그러면서 청이의 작은 손을 꼭 감싸 쥐었다.

꾀꼬리 한 쌍

나들이를 다녀온 뒤로 청이는 가벼운 몸살을 앓았다. 아무래도 이른 봄의 바닷바람이 청이에겐 좀 버거웠던 모양이다. 덕이는 자기가 괜한 일을 벌였노라 자책했고, 청이는 그렇게 앓으면서 조금씩 조금씩 건강해지는 법이라고 덕이를 위로했다. 몸살은 오래가지 않았다. 불과 이틀 만에 자리를 개고 일어나 다시 화원 일을 돌보기 시작했으니까. 어쩌면 청이의 바람대로 봄나들이 전보다 몸 상태가 한 계단 올라선 듯도 보였다.

향기로운 봄날들이 흘렀다. 뭇 봄꽃들이 저마다의 춘흥을 못 이겨 한껏 흐드러지게 피었다가는 이듬해를 기약하며 꽃잎을 떨구었다. 그 무렵 반가운 소식이 들려왔다. 조만간 장가방의 고깃배가 백령도 근해로 출항할 거라는 이야기였다. 백령도라면 황해도의 장산곶이나 몽금포가 지척이다. 선장에게 부탁해 뭍에 내리기만 하면, 황주 도화동까지 찾아가는 건 그리 어려운 일이 아니다.

덕이는 냉큼 청이를 데리고 송 의원을 찾아갔다. 송 의원은 세심하게 진맥을 해 보더니 심각한 표정으로 입술을 뗐다.

"아, 저양부하오더선티선머더우쭤부다오. 다오차오센더바이링다오야오쭈이짜오산톈, 만이뎬우톈. 니샹니메이메이더선티징더치웨션더항다오뤼청마? 유커닝장짜이하이몐상가오짱리."

(음, 이 몸으로는 어림없네. 조선 백령도까지는 빨라야 사흘, 늦으면 닷새 길일세. 지금 자네 누이의 몸이 그 험한 뱃길을 견뎌 낼 수 있으리라 보는가? 아마도 바다 위에서 장사 치르기 십상일 걸세.)

결국 오누이는 무거운 발걸음을 돌려야만 했다. 그날 저녁 청이는 덕이가 머무는 빈관에서 베개에 얼굴을 파묻고 하염없이 울었다. 곁에서 덕이가 무슨 말로 위로해 주어도 한번 터진 눈물은 그칠 줄을 몰랐다.

그로부터 이틀 뒤, 하루 일을 마친 덕이가 봉화원으로 찾아와 은밀히 청이를 불러냈다. 덕이는 잠시 쭈뼛거리더니, 붉은빛이 감도는 비단 주머니 하나를 내밀었다.

"어머, 예쁘다! 이거 나 주는 거야, 오라버니?"

"응, 풀어 봐."

선물을 받는 누이보다 선물을 주는 오라비의 얼굴이 더 발그레하게 상기돼 있었다.

"어, 이건……."

비단 주머니에서 나온 건 무명 손수건이었다. 도화동 황주천변에서 두 사람이 처음 만나던 날, 청이가 뺑덕의 관자놀이에 맺힌 핏방울을 닦아 주던 그 손수건. 그런데 손수건을 펼쳐 보는 순간, 청이는 또 한 번 놀라지 않을 수 없었다.

"어?"

손수건에는 꾀꼬리 한 마리가 더 들어가 있었다. 한 마리는 오래전 그날처럼 나뭇가지에 사뿐히 앉아 있는데, 또 다른 한 마리가 날아와 그 나뭇가지에 막 앉으려는 찰나였다. 청이의 입가에 배시시 미소가 감돌았다.

"이건 덕이 오라버니네. 맞지?"

"……."

청이는 손끝으로 새 꾀꼬리를 쓰다듬으며 말을 이었다.

"기다렸어, 이렇게 누군가 찾아오기를. 난…… 날아갈 수가 없잖아."

"왜…… 못 날아?"

"아버지, 울 아버지……."

그때 덕이의 머리에 스치는 말이 있었다.

'에구구 그럼 뭐하누, 평생 떼어내지 못할 애물단지 하나가 떡하니 들러붙어 있는걸. 세상에 어떤 총각이 그런 집에 장가들려

하겠니?'

덕이는 가슴이 아렸다. 청이의 차가운 두 손을 꼬옥 잡으며 말했다.

"미안해 청아, 너무 늦게 돌려줘서. 그 대신 내가 그 그림처럼 청이 널 곁에서 지켜줄게. 아버지를 다시 만나는 그날까지. 그러니까 너무 아파하지 말고 기다려 줘. 너 자꾸 속상해하면 몸에도 안 좋잖아? 하루 빨리 튼튼해져서 고향으로 돌아가야지."

덕이의 모습은 진짜 오라버니, 아니 어쩌면 지아비라도 되는 양 든든해 보였다. 순간 청이는 덕이의 그 든든한 품에 폭 안기고 싶다는 생각이 들었다. 하지만 그 마음을 덕이가 알아차리기라도 할까 봐, 얼른 말을 돌렸다.

"근데, 오라버니. 이거 오라버니 솜씨야?"

청이의 오른손 검지 끝이 새로 들어온 꾀꼬리를 짚었다.

"에이, 그럴 리가. 그거 비단전 링링 아주머니께 부탁한 거야. 품삯으로 약초 조금 찔러 드리고."

"누군지 모르지만, 그 아주머니 솜씨 대단하네. 언제 짬나면 한 수 배워야겠는걸."

청이는 손수건을 자기 코에 가져다 대고는 지그시 눈을 감았다. 그 모습이 덕이의 눈엔 더할 나위 없이 행복해 보였다.

그날부터 청이는 조급하게 마음먹지 않기로 스스로를 다독였다. 애당초 죽기로 각오한 목숨, 이렇게 살아만 있는 것도 어딘가? 아직 살아 있기에 아버지를 다시 만날 날도 기약할 수 있는 게 아닌가? 그래, 약이랑 밥 잘 챙겨 먹고 맑은 공기 많이 쐬고 화초도 가꾸면서 즐겁게 지내는 거야. 마음을 그리 고쳐먹으니 시간도 더 잘 가는 듯했다. 그런 청이 모습을 지켜보는 덕이의 마음도 한결 평안해졌다.

위험한 부탁

 다시금 계절이 한 바퀴 돌아 이듬해 봄이 되었다. 어느덧 등주 땅에 발을 디딘 지 한 해하고도 절반이 지난 셈이었다. 꽉 찬 스물의 덕이는 건장한 청년이 다 되었고, 열일곱이 된 청이도 당장 혼례를 치러도 좋을 만큼 아리따운 처녀로 자랐다.
 두 사람은 마음속 깊이 서로를 향한 연모의 정을 키워 오고 있었다. 그것이 언제 처음 싹을 틔웠는지는 잘 모른다. 덕이는 어쩌면 도화동에서 청이를 처음 본 그날부터일 수도 있고, 청이는 어쩌면 등주에서의 첫날밤부터일 수도 있을 것이다. 시작이 언제인지는 모르나 그 싹은 이역만리 낯선 땅에서도 무럭무럭 자라나 어느새 거센 바람에도 흔들리지 않을, 한 그루 튼실한 나무가 되어 있었다. 그 나무는 두 사람에게 타향살이를 이겨낼 수 있는 유일한 버팀목이었다. 오누이라는 허울 때문에, 아니 그보다는 저마다의 삶의 무게 때문에 어느 한 사람 입밖으로 표현할 수는 없었지만, 둘은 서로가 서로에게 핏줄보다도 소중한 무엇이 되어 있었다.

　덕이는 속으로 다짐했다. 조선으로 돌아간 뒤 청이가 역적의 자식이자 평생 벙어리 신세로 살아야 하는 자신을 받아 주기만 한다면, 심 봉사 어른을 친아버지처럼 지극정성으로 모시며 살겠노라고. 청이도 속으로 다짐했다. 덕이가 자신의 딱한 처지를 있는 그대로 받아들여 준다면, 역적의 며느리든 벙어리의 아내든 얼마든지 감당하며 살겠노라고. 하지만 그것은 어디까지나 두 사람이 무탈하게 도화동으로 돌아간 뒤의 일이었다.

　그해 단오를 며칠 앞둔 어느 날, 백기훈이 덕이가 일하는 약재전을 찾아와서는 귀가 번쩍 뜨일 만한 소식을 전했다. 장가방의 상선이 직접 평양으로 들어갈 거라는 말이었다. 그 무렵 조선은 이전 왕조인 고려와는 달리 이른바 '해금(海禁) 정책'을 고수했다. 자국의 배가 해외로 나가는 걸 막을 뿐 아니라, 타국의 상선이 조선 땅에 들락거리는 것도 달가워하지 않았다. 그런데 장 대인이 어찌 손을 썼는지, 이번에 평양의 유상과 큰 거래를 튼 것이다.

　"형님, 지금 하신 말씀이 참말이오?"

　"아, 그렇다니까. 이번 상단은 이 형님이 직접 인솔하기로 했다네. 출항일은 이달 이렛날. 아무리 바빠도 종쯔[37]는 먹고 떠나야지 않겠나."

"기훈 형님! 허면, 그 배에 청이랑 나 좀 태워 주면 안 되겠소? 제발 부탁이오."

"뭐, 안 될 거야 없네만, 청이의 몸이 견뎌 낼 수 있겠는가?"

"그건 내가 오늘 당장 송 의원께 여쭈어 보겠소. 의원께서 허락만 하시면 태워 주시는 거요? 그때 가서 다른 말씀 하시면 아니 되오."

"알았네. 대신 청이만 조선 땅에 놔두고 자넨 다시 등주로 돌아오는 걸세? 덕이 자네는 이제 우리 약재전에 없어서는 안 될 인재 아닌가?"

기훈의 말은 빈말이 아니었다. 병약한 청이와는 달리 덕이는 등주 장가방 생활에 놀라우리만큼 잘 적응하고 있었다. 약재전 전주인(가게 주인)도 이젠 덕이 없으면 가게가 돌아가지 않는다고 말할 정도였다. 기훈은 적당한 때가 되면 덕이를 본전으로 불러들여 자기 수하에 둘 생각까지 품고 있었다.

여하튼 덕이는 냉큼 화원으로 달려가 청이 손목을 잡아끌고는 송 의원 댁을 찾았다. 하지만 송 의원의 대답은 오누이가 원하던 것이 아니었다.

"워이즈자오구타더선티, 단스타커닝서우부주항다오뤼청. 젠캉

---

37 **종쯔**: 중국인들이 단오 무렵에 즐겨 먹은, 댓잎으로 감싸서 찐 찹쌀밥.

더런예룽이더러빙."

(그동안 몸을 잘 보살피긴 했네만, 아직 그 정도의 뱃길을 감당하기는 무릴세. 그 길은 성한 사람도 환자가 되어 돌아오기 십상이야.)

"이성, 워먼이딩야오후이취. 메이유 선머팡파마?"

(의원님, 저희는 꼭 돌아가야 합니다요. 무슨 방도가 없겠습니까?)

"아…… 루궈이딩야오취, 리융루디쩐머양? 자오이량마처, 부야오게이타자야, 간이간세이셰바……."

(음…… 꼭 가야만 한다면, 육로를 이용하는 건 어떻겠나? 마차를 한 대 구해서 몸에 무리되지 않게끔 쉬엄쉬엄 간다면 모를까.)

그 말은 가지 말라는 이야기나 마찬가지다. 덕이는 어린 시절 아버지의 연행길을 떠올렸다. 아버지가 사은사[38] 일행으로 뽑혀 연행길을 떠나면, 다섯 달 뒤에나 집에 돌아오곤 했다. 한양에서 연경까지 가는 데만도 족히 두 달은 걸린다는 의미다. 그런데 이곳 등주는 연경보다 더 먼 곳이다. 아직 몸도 온전치 않은 청이를 데리고 '쉬엄쉬엄' 간다면 석 달이 걸릴지 넉 달이 걸릴지 모를 일이다. 게다가 도중에 병이 나거나, 식량이 떨어지거나, 길을 잃어버리거나, 비적 떼를 만나거나…… 헤아릴 수 없는 난관들이 수없이 도사리고 있을 것이다.

---

38 **사은사(謝恩使)**: 조선시대, 나라에 베푼 은혜에 감사한다는 뜻으로 중국의 황제에게 보내던 사신.

결국 덕이는 도로 기훈을 찾아갔다.

"형님, 그럼 평양까지 가시는 김에 황주 도화동 소식이나 좀 알아봐 주시오. 도중에 송림이란 데서 황주천을 타고 올라가면 그리 멀지 않으니 말이오."

"도화동이라면 자네 오누이가 살았다던 마을 아닌가? 거기 가서 무얼 알아보라는 겐가?"

"그 마을에 가면 나루터 근방에 사는 심학규라는 맹인과 뒷산 오두막에 사는 뺑덕어미라는 과부가 있소. 그 두 분이 어찌 지내고 있는지만 알아봐 주시면 되오."

"대체 그이들이 뉘길래 소식을 궁금해하는가? 혹시 심 모라는 맹인은 자네들 일가붙이라도 되는가?

"저, 그게…… 소상히 말씀드리긴 어렵고, 그저 우리 오누이가 예전에 아주 큰 신세를 진 분들이라고만 알아 두시오. 그리고 참……."

"뭐 더 알아볼 거라도 있는가?"

"도화동 가시거든, 행여라도 우리 오누이 얘기는 절대 하지 말아 주시오."

"아니, 왜? 자네들이 예서 잘 살고 있는 거 아시면 그이들도 반가워하실 텐데."

"그럴 만한 사정이 있어 그러오. 나중에 우리가 조선으로 돌아가거든, 그때 직접 찾아뵙고 소상히 아뢸 것이니, 형님은 제발 그쪽

사정만 좀 알아봐 주시오."

 자신의 어머니나 봉사 어른을 생각하면, 당신네 아들과 딸이 이곳 등주에서 무탈하게 잘 지내고 있음을 알리는 것이 마땅한 일이다. 허나, 그러려면 먼저 기훈에게 자신과 청이가 오누이지간이 아니라는 사실뿐 아니라 어찌하여 도화동에 흘러들고 청이와 함께 인당수에 투신하게 되었는지, 자신의 과거사를 시시콜콜 털어놓아야만 할 것이다. 기훈을 형님으로 믿고 따르기는 하지만 그렇게까지 하는 건 내키질 않았다.

 "음…… 알았네. 내 그리 함세."

 기훈은 심덕이 자신에게 무언가 감추고 있음을 직감했다. 하지만 덕이가 원칠 않는 듯하니, 더는 캐묻지 않기로 했다.

진짜 오누이

조선으로 떠난 배가 돌아온 것은 한 달하고도 아흐레 뒤였다. 덕이는 여느 날과 다름없이 약재전을 지키고 있었다.

"웨이! 샤오디디! 이샹메이유베더선머스마?"

(어이, 아우님! 그간 별고 없으셨는가?)

누가 등짝을 찰싹 후려치는 바람에 얼른 돌아보니, 백기훈이 서 있었다. 덕이는 기훈의 몸을 위아래로 훑어보며 반겼다.

"형님! 어디 몸 상하신 데는 없소?"

"보다시피 난 아주 말짱하네. 오는 길에 바람이란 녀석이 해코지를 해서 애를 좀 먹었네만, 무탈하게 잘 다녀왔지. 거래도 매우 만족스럽게 아퀴지었고."

"역시 우리 형님이오."

그리고 몇 마디 더 의례적인 인사를 나눌 법한데, 덕이는 곧바로 본론으로 치고 들어갔다.

"그래, 내가 부탁한 건 좀 알아보시었소?"

"당연히 알아봤지. 내 장사는 공치더라도 아우님이 부탁한 걸 잊을 리 있는가?"

"어떻게들 지내십디까, 두 분은?"

"두 분 모두 아주 잘 지내시더군. 그것도 한집에서."

"하, 한집이라니, 건 또 무슨 말이오?"

덕이의 눈이 휘둥그레졌다.

"두 분이 부부의 연을 맺었다네. 한쪽은 홀아비 다른 한쪽은 과부, 게다가 저마다 하나뿐이던 딸과 아들을 비슷한 시기에 잃었다하니, 어찌 동병상련의 정이 생기지 않겠는가?"

기훈은 먼 하늘을 바라보는 척하여 곁눈질로 힐끔 덕이의 기색을 살폈다. 마치 이쯤에서 덕이 스스로 자신의 과거를 속 시원히 털어놓길 기대하는 눈치였다. 하지만 덕이는 앉은벼락을 맞은 듯 정신을 차릴 수가 없었다.

"아, 아니…… 어떻게 그런 일이……."

"주막 아낙네한테 듣기로는, 뺑덕어미라는 이가 먼저 꼬드긴 모양이더군. 휑한 집에서 각자 쓸쓸히 늙어 가느니, 살림 합쳐서 서로 의지하며 살면 좋지 않겠냐고. 봉사 나리 뒷수발은 자기가 다 알아서 하겠노라고. 그러니 그동안 수족 노릇을 하던 딸이 하루아침에 사라져 밥 한 끼 제대로 챙겨 먹을 수 없던 심 봉사로선 마다할 일이 아니었겠지."

 기훈이 잠시 말을 멈추고는 덕이의 어깨를 짚으며 안색을 살폈다. 마치 멀쩡하던 어머니의 부음이라도 들은 사람처럼 얼굴빛이 허옇게 질려 있었다.

 "아니, 자네 낯빛이 왜 이 모양인가? 어디 아픈 데라도 있는 겐가?"

 "아, 아니오……. 마저 해 보시오, 형님."

 "자네 정말 괜찮은 게야?"

 "예, 난 괜찮으니, 어서…….

 "그, 그러지. 아무튼 두 분이 살림을 합친 지는 일 년이 좀 넘었다더군. 그러니까 자식들이 사라지고 얼마 안 되어 그리 한 모양이야. 그리고 이런 말 하면 자네 마음이 어떨는지 모르지만, 그 뺑덕어미란 분은 동네에서 평판이 몹시 안 좋더구먼."

 "예? 어, 어떻게요?"

 "남경 상인들이 심 봉사네 딸을 데려가면서 한 재산 톡톡히 남겨 주었다는데, 글쎄 뺑덕어미가 그걸 거반 다 날려먹었다는 게야. 지아비 뒷수발은커녕 쇠고기를 끊어다가 혼자서 다 먹고, 값비싼 비단옷도 자기 것만 사 입고, 허구한 날 술독에 빠져 지내질 않나, 심지어는 남정네들 투전판까지 기웃거린다더군. 그러니 밑 빠진 독이 따로 없지. 아무리 재산이 많은들 얼마나 오래가겠는가? 오죽하면 도화동 주민들이 그 여인네를 가리켜 '봉사 피 빨아먹는 찰거머리'라 부를꼬."

덕이는 아무런 대꾸도 하지 못한 채, 정신 나간 사람처럼 멍하니 앉아 있을 뿐이었다.

"으흠…… 아무래도 내가 괜한 심부름을 했나 보구먼. 난 본전으로 속히 들어가 봐야 하니, 자네도 그만 정리하고 들어가 쉬게나."

기훈은 덕이의 어깨를 두어 번 툭툭 두드리고는 서둘러 약재전을 떠났다. 그가 떠난 뒤에도 한참 동안, 덕이는 지독한 혼란에서 헤어나질 못했다.

'아, 어디서부터 잘못된 걸까? 어머닌 도대체 어쩌자고 그런 일을 벌이셨을까?'

비록 어머니가 동네 아낙들과 어울려 막걸리 한 동이 나누어 마시며 수다 떨기를 즐겨 하시긴 했지만 천성이 막돼먹은 분도 아니요, 일부러 남의 등가죽을 벗겨먹을 위인은 더더구나 아니다. 세상에 하나 남은 아들과 어떻게든 살아 보려고 억척같이 일만 했을 뿐이었다. 그러던 어머니가 왜 그렇게 세인의 손가락질을 받는 찰거머리가 돼 버렸단 말인가?

'혹시……'

복수. 어쩌면 그것은 어머니가 택한 복수의 방법일는지도 모른다는 생각이 덕이의 머리를 언뜻 스쳤다. 도화동을 떠나던 그날, 강물에 뛰어들면서까지 악다구니를 써 대던 어머니의 목소리가 생생하게 떠올랐다. '아이고, 청아! 제발 나 좀 살려다오. 제발 우리 병덕이 좀 내려다오. 내 아들 좀 놓아 줘! 봉사 나리는 내가 잘 모실 터이니, 제발, 제발, 내 새끼만은……' 오래지 않아 어머니는 저고리 편지를 발견한다. 한낱 봉사 딸의 목숨을 살리려고 금쪽같은 자기 아들이 죽음을 무릅쓴 위험한 길에 동행한 것임을 확신한다. 그리고 편지에 약조한 보름을 지나서 한 달, 두 달이 흘러도 아무런 기별이 없자, 결국 아들이 영영 돌아올 수 없는 먼 길을 떠났다고 믿게 된다. 이승에서 목숨을 부지하는 유일한 이유가 아들이었던 어머니는 가슴속에서 이글이글 잉걸불처럼 타오르는 울화를 주체할 길이 없다. 그걸 누군가에게 쏟아내지 않고서는 견딜 수가 없다. 결국 복수의 화살은 청이의 부친 심 봉사를 겨눈다. 그렇다면 어머니는 심 봉사가 좋아서 함께 살자고 달라붙은 것이 아니라, 처음부터 의도적으로 접근해 야금야금 심 봉사의 피를 빨아먹은 셈이 된다.

"아, 그건 아닐 거야."

덕이는 세차게 머리를 저었다. 하지만 일단 덕이의 머릿속에 똬리를 튼 생각은 쉬 떨어져 나가질 않았다.

어머니의 의도가 무엇이었든 간에, 어머니와 청이 아버지는 이미 부부가 되어 한 해 넘게 살았다. 그건 지금까지 가짜로 오누이 행세를 한 덕이와 청이가 진짜 오누이가 되었다는 뜻이다. 이 사실을 알게 되면 청이는 어떤 반응을 보일까? 그 생각을 하니, 덕이는 또 한 번 가슴이 무너져 내렸다. 하지만 이 중대한 소식을 청이에게 전하지 않고 마냥 덮어 둘 수만은 없는 노릇이었다.

그날 저녁, 덕이는 청이를 만났다. 그리고 기훈이 가져온 소식을 아주 간략하게 전했다. 자기 어머니의 파렴치한 행실은 덮어 두고.

"어머! 정말 잘됐다. 아버지가 눈을 못 뜨신 건 안타깝지만, 그래도 오라버니네 어머니가 곁에서 보살펴 주신다니······."

"어? 그, 그렇지."

"오라버니. 그럼 이제 우린 진짜 오누이가 된 셈이네?"

"······."

"아휴, 다행이다. 그동안 본의 아니게 주위 사람들을 속이는 것만 같아서 맘이 편칠 않았는데. 이제부턴 떳떳하게 오누이로 지낼 수 있잖아?"

청이는 정말 반가운 소식을 들은 사람처럼 들떠 있었다. 덕이는 그런 청이가 난생처음으로 미워 보였다.

'청아, 넌 그리도 좋으냐? 우리가 진짜 오누이가 되었다는 사실이, 정말 아무렇지도 않은 게냐? 나만, 나 혼자만 가슴이 이렇게 미어지는 게냐?'

덕이는 진짜 누이가 되어 버린 청이 앞에서 눈물이라도 보일까

봐, 몸을 홱 돌렸다. 그러고는 뒤도 돌아보지 않고 자신의 처소를 향해 달렸다. 그 바람에 한 박자 늦게 흘러내린 청이의 눈물은 보지 못했다.

효녀의 진심

청이가 덕이의 처소로 찾아온 건 그로부터 사흘 뒤였다. 양가 어른의 동거 소식을 전한 뒤로 처음 얼굴을 마주한 것이다. 청이는 몰라보게 핼쑥해져 있었다. 그동안 상당한 차도를 보이던 몸 상태가 급격히 나빠진 것은 아닌지, 덕이는 걱정스러웠다.

오라비를 불러내고도 한참을 쭈뼛거리며 딴청을 피우던 청이가 어렵사리 말을 꺼냈다.

"오라버니, 우리 그냥 예서 살까?"

뜬금없는 말에 덕이가 눈을 둥그렇게 뜨며 물었다.

"그게 무슨 소리야?"

"우리 둘이 가시버시 연을 맺고 여기 등주에서 함께 살자고. 조선으로 돌아가지 말고. 오라버니도 솔직히 그 편이 더 좋잖아. 언제 붙잡힐지 두려워하며 숨어 살지 않아도 되고, 벙어리 행세 하지 않아도 되고, 안 그래?"

"자, 잠깐만, 청아. 우린 이미 오누이 지간이야. 가시버시라니 당치도 않아."

"오누이? 우리가 어떻게 오누이야? 성씨가 같기를 해, 피 한 방울 섞이길 했어? 우리가 조선으로 돌아가지만 않으면, 우리 아버지든 오라버니 어머니든 우리가 혼인한 걸 영영 모르실 거야."

청이의 당돌한 제안에 덕이는 잠시 할 말을 잃었다. 아니, 오라버니답게 무어라 대꾸할 말을 찾아야만 했다.

"넌, 어찌 네 생각만 하느냐? 도화동에서 너 돌아오기만을 학수고대하고 계실 봉사 어른은 어쩌고?"

덕이가 나무라듯 퉁명스레 내뱉었다. 겉으로는 청이를 향한 타박이었지만, 속으로는 자신을 향한 꾸지람이었다. 뺑덕이, 이 고약한 놈아. 너는 어찌하여 너 자신만을 생각하느냐? 낯선 땅 도화동에서 마지막 남은 피붙이마저 잃어버리고, 하늘이 무너진 듯 땅이 꺼진 듯 상심하고 계실 홀어머니는 어찌하란 말이냐?

덕이는 봉사 어른을 앞세우면 효심 깊은 청이가 금세 수그러들리라 기대했다. 허나, 청이는 한치의 망설임도 없이 곧바로 되받아쳤다.

"그래! 그래서 더더욱 돌아가기 싫다는 거야!"

아니, 이건 또 무슨 소리일까.

"내가 철이 든 뒤로 줄곧, 아버진 내게 무거운 짐이었어. 아무리 지치고 힘들어도 절대 내려놓을 수 없는 짐……. 오라버닌 모를 거야. 그동안 내가 눈먼 아버지 때문에 얼마나 많은 것들을 포기하며 살아야 했는지. 맛난 게 생기면 언제나 아버지 목구멍으로 먼저 넣어 드렸고, 쓸 만한 천이라도 생기면 아버지 옷 먼저 지어 드렸어. 어차피 보시지도 못할 옷인데도. 그뿐인 줄 알아? 삯빨래에 삯바느질, 잡다한 집안일과 아버지 뒷수발하느라 이른 새벽 눈 뜰 때부터 잠자리에 쓰러질 때까지 온종일 동동거렸어. 아니, 잠자리에 든 뒤에도 언제 또 아버지가 날 찾으실까 불안하여 한시도 편한 잠을 이룰 수가 없었다고. 근데 어이없게도, 여기 등주에 온 첫날밤, 처음으로 꿀잠을 잤어. 오라버니 곁에서……."

덕이는 새삼 그날 밤을 떠올렸다. 자신은 심장이 자꾸 벌떡거려 잠을 이루지 못하는데, 청이는 쌔근쌔근 코까지 골며 깊은 잠에 빠졌다. 그러고는 이튿날 아침 해가 처마 위로 올라간 뒤에야 긴 잠에서 깨어났더랬다. 개구리처럼 퉁 부은 눈으로. 덕이는 그 모습이 떠올라, 분위기에 안 어울리게 피식 웃음을 흘렸다.

청이가 한결 비장해진 표정으로 다시 물었다.

"오라버니, 이 세상에서 내가 가장 듣기 싫어하는 말이 무언 줄 알아?"

"……."

"그건 바로 '효녀'야."

"아니, 효녀가 어때서?"

"사람들은 늘 나만 보면 말하지, 효녀 효녀 효녀 심청……. 물론 철부지 예닐곱 살 적엔 그 말이 좋았어. 내가 동냥질로 얻어 온 밥과 찬을 맛나게 자시는 아버지의 모습도 보기 좋았고. 효녀란 말이 내 발목을 옴짝달싹 못하게 붙들어 매는 족쇄인 줄도 모르고, 바보같이……."

덕이는 몹시 놀랐다. 황주 바닥에 소문난 효녀인 심청이가 이런 아이일 줄이야. 아니, 지금 이 모습은 청이가 짐짓 위악을 떠는 것일 뿐, 진짜 속내는 아닐 거라고 믿고 싶었다. 하지만 청이는 더 모진 말을 거침없이 쏟아냈다.

"사실 나 효녀 아니야. 그냥 나쁜 년이지. 아무런 꿈도 소망도 품을 수 없는 도화동에서, 아니 내 평생의 짐인 장님 아비 곁에서 도망치고 싶었어. 무슨 수를 써서라도. 청나라 늙은이의 색시가 되든, 인당수 물고기의 밥이 되든 상관없었다고. 지금 아버지한테는 평생 먹고 살 재물이 있잖아. 곁에서 살뜰하게 챙겨 주실 아주머니도 계시고. 그러니 나 같은 딸 사라졌어도 아쉬울 거 하나 없어. 여지껏 난 먹고픈 거 입고픈 거, 하고픈 거 놀고픈 거, 쉬고픈 거 자고픈 거, 모조리 양보하고 포기하며 살았어. 그러니까 이제 나도 이 세상에서 딱 하나만은 내 것으로 붙잡아도 되지 않을까……."

말끝을 흐리면서 청이는 덕이의 눈길을 피해 고개를 돌렸다. 비록 거지처럼 궁색하게 살았을망정 혈관 속에는 양반가의 피가 흐르는 청이다. 이 판국에 덕이를 붙잡는 일이 인륜을 저버리고 천륜마저 꺾는 일임을 어찌 모르겠는가.

덕이는 묻지 않았다. 그 '딱 하나'가 무엇인지. 그저 두 팔로 청이를 와락 끌어안았을 뿐이었다. 열일곱 처녀애의 봉긋한 젖가슴이 덕이의 명치에 몰캉 와닿았다. 순간 턱, 숨이 멎었다. 덕이도 청이도. 그리고 아무 말도 하지 않았다.

오래된 비밀

　청이가 돌아간 뒤, 빈방에 홀로 누운 심덕은 머릿속이 혼란스러웠다. 차디찬 바닷물에 뛰어드는 순간까지도 오직 눈먼 아비를 염려하던 모습과 아비를 향한 원망으로 가득 찬 오늘의 모습 가운데 어느 쪽이 청이의 진심일까? 서로 모순되어 보이는 모습들이 어쩌면 둘 다 청이의 진심일 수도 있겠다는 생각이 들었다. 그렇다면 가시버시 연을 맺어 함께 살자는 말도 빈말은 아닐 터였다. 청이가 그 말을 처음 꺼냈을 때, 놀랍기도 하고 반갑기도 하고 두렵기도 했다. 정말 그래도 괜찮은 걸까? 턱없는 욕심이 덕이 가슴에서 살모사처럼 고개를 치켜들고 있었다.
　밤은 깊어 가고, 밖에서는 부슬부슬 비가 내리기 시작했다. 그러잖아도 머릿속이 복잡한데 빗소리까지 장단을 맞추니 덕이의 마음은 더할 나위 없이 심란해졌다. 그때 밖에서 누군가 덕이를 불렀다.

"이보게, 안에 있는가?"

백기훈의 목소리였다.

"예, 형님!"

덕이는 벌떡 일어나 조르르 방문을 열었다. 기훈의 손에는 새하얀 조선백자 술병이 들려 있었다.

"비도 오고 하길래, 아우님이랑 술이나 한잔할까 하여 들렀네만……."

기훈의 방문이 달갑지 않기는 처음이었다. 지금은 그저 혼자이고 싶었다. 하지만 술병까지 들고 온 기훈을 물리칠 수 있는 처지가 아니다. 둘은 서로의 잔에 술을 한 잔씩 따랐다. 그리고 말없이 첫 잔을 비웠다. 덕이의 빈 잔에 다시 술을 채우며 기훈이 입을 열었다.

"자넨 궁금하지 않은가?"

"……."

"아버지와 내가 자네 오누이에게 어찌 그리 호의를 베푸는지."

사실 궁금한 적이 여러 차례 있었다. 물에 빠진 사람을 건져 주는 일이야 인간의 본성인 측은지심이겠지만, 병을 치료해 주고 약재를 제공하고 잠자리와 일자리를 알아봐 주고 혹시라도 불편한 점이 없는지 일일이 신경 써 주는 건 결코 예삿일이 아니다. 같은 조선 사람이라서 그러는 것이려니 생각한 적도 있지만, 등주 땅에

터를 잡고 살아가는 조선 사람만 족히 수백은 될 터이니, 그도 납득할 만한 이유는 아니었다. 하지만 물어볼 수가 없었다. '도대체 우리한테 왜 이리 잘해 주는 거요?'라고 물으면 아버지든 아들이든 몹시 불편해할 것만 같았다. 덕이의 육감이 그랬다. 그런데 그 불편한 이야기를 기훈이 시방 털어놓으려는 참이다.

"아버진 본디 충청도 해미 관아의 아전이셨네. 뭐 그리 대단한 벼슬은 아니지만, 처자식 건사하는 데는 별 어려움이 없었지. 하루는, 사또란 자가 느닷없이 아버지에게 뇌물죄를 씌워 옥에 가두었다네. 어머니께선 값나가는 패물을 몇 가지 챙겨 사또를 찾아갔지. 그 작자가 뒷돈깨나 밝히는 위인이었거든. 한데 그자가 이르기를, 지금은 관아 일로 바쁘니 날이 저물면 다시 오라 했다는 게야. 하는 수 없이 어머니께선 집에 돌아와 자식들 저녁상을 차려 주고는 어둠을 틈타 관아로 향하셨지. 그것이 내가 본 어머니의 마지막 모습이었네."

청천벽력 같은 말을 기훈은 아무렇지 않은 듯 가벼운 한숨에 섞어 내뱉었다. 심덕은 무어라 대꾸할 수가 없었다.

"어찌 그런……"

그저 기훈의 다음 이야기를 기다릴 도리밖에 없었다. 기훈은 술잔을 비웠고, 덕이는 그 잔을 다시 채웠다.

"사또가 노린 건 재물이 아니라 어머니의 몸이었다네. 길 가는 사내들이 힐끔거릴 만큼 참으로 곱고 단아한 분이셨거든. 사또 놈은 방문 밖에 나졸까지 세워 둔 채로 어머니를 겁탈했지. 어머닌 놈의 방을 뛰쳐나와 그길로 마을 뒷산에 목을 매셨고."

"세상에, 저런 쳐죽일……"

"그렇지, 쳐죽임을 당해 마땅한 놈이지. 하여, 아버지께선 기어코 그리 하셨다네."

"아니, 옥에 계신 어른께서 어떻게요?"

"아버지께서 관아 일을 보신 세월이 자그마치 십수 년일세. 이리저리 줄 닿는 이가 한둘이었겠나. 사또 놈에게 원한을 품은 이들도 여럿일 테고. 여하튼 소상한 내막은 당신께서도 입밖에 내지 않으셨고, 나 또한 굳이 여쭙지 않았네."

덕이는 생각했다. 세상에는 차마 물어볼 수 없는 사연들이 있는 법이라고. 물어보지 않아도 능히 짐작할 수 있는 사연들도 있는 법이라고.

"마을 어르신들 도움으로 어머님 상을 치르고, 한 사나흘쯤 지났을까. 아버지의 오랜 친구 분께서 한밤중에 찾아와 날 깨우시더군. 어서 일어나, 누이를 데리고 냉큼 당신 뒤를 따르라고."

누이? 기훈 형님에게 누이가 있었나? 덕이는 궁금증이 일었지만, 이야기를 끊기가 조심스러워 잠자코 듣기만 했다.

"그 어른이 우리 오누이를 이끈 곳은 마을을 에둘러 흐르는 개천가였네. 아슴아슴한 달빛 아래 나룻배 한 척이 묶여 있고, 그 위엔 시커먼 그림자가 하나 앉아 있었지. 가까이 다가가니 피비린내가 훅 끼치더군. 저고리 앞섶과 오른쪽 소맷자락이 검붉은 피로 물들어 있는 위험한 사내, 바로 아버지였네. 아버지는 내게 딱 한마디만 하셨지. 이제 그만 가자.'

덕이는 머릿속에 그 장면이 마치 자신이 겪은 일인 듯 생생하게 떠올라 팔뚝에 오소소 소름이 돋았다.

"누이와 내가 배에 올라타자, 친구 분은 개천가 바윗돌에 묶어 둔 밧줄을 풀어 배 위에 던지고는 두 팔로 뱃머리를 힘껏 밀어냈지. 당신 두 다리가 무릎까지 물에 잠기는 것도 모르고. 그러고는 그렁그렁한 눈빛으로 우리를 향해 손을 흔들더군. 어둠 속으로 사라질 때까지……. 우후, 이런 이런, 내가 쓸데없는 감상에 젖어들었군. 그 일이 그 양반이 이 세상에서 한 마지막 착한 일이었거든."

세 식구를 실은 배가 굽이굽이 개천을 빠져나와 서해에 다다른 것은 이튿날 동이 틀 무렵이었다고 한다. 아버지의 계획은 되도록 멀리, 무조건 멀리 달아나는 것이었다. 조선 땅만 아니라면 청나라든 왜국이든 상관없었다. 배에는 세 사람이 열흘쯤은 버틸 만한 식량도 실려 있었다. 하지만 아버지는 뱃사람이 아니었다. 노 젓는 일이야 웬만큼 흉내를 내겠지만, 해류의 흐름이나 바다에서의 방위는 알 길이 없었다. 아버지는 무작정 조선 땅을 등지고 노를 저었다. 어깨가 부서져 죽을지언정 조선으로 돌아갈 수는 없는 노릇이었다. 이윽고 조선 땅이 시야에서 사라지자 아버지는 손에서 노를 놓았다. 기운을 잃은 것이 아니라 방향을 잃은 것이었다. 사방을 아무리 둘러보아도 뭍이라고는 한 조각도 보이지 않는 그야말로 망망대해. 작은 나룻배는 해류가 이끄는 대로 속수무책으로 사흘 밤낮을 떠돌았다.

기훈은 다시 술 한 잔을 비우고는 말을 이어갔다.

"거기서 누이를 잃었네. 바다로 나온 지 사흘째 되는 밤이었지. 바람이 점점 거칠어지는가 싶더니 바다가 요동치기 시작했네. 나룻배는 미친 황소처럼 날뛰었지. 우리는 배에 납작 엎드려 멍에[39]를 움켜쥐고는 떨어지지 않으려 버텼어. 하지만 작고 여린 누이에겐 역부족이었지. 나룻배가 크게 한 번 키질을 하는 순간, 누이는 검불처럼 맥없이 튕겨져 나갔네. 누이의 몸통을 누르고 있던 아버지의 굵은 다리도 그 순간에 무용지물이었지. 그 어린 것이 깊이를 알 수 없는 지옥에 떨어졌는데, 아비와 오라비라는 작자는 목 놓아 울부짖기만 할 뿐 정작 손에 움켜쥔 멍에는 놓지를 않았다네. 제 목숨 하나 살려 보겠다고 말일세."

기훈의 목소리는 기이하리만치 차분했다. 술기운 덕분인지, 부

---

39 **멍에:** 뱃전 위에 가로로 설치하는 굵은 나무기둥. 배의 대들보 역할을 한다.

친의 친구 이야기를 할 때처럼 떨리지도 않았다. 마치 두어 다리 건너 전해들은 남의 이야기를 풀어놓는 듯했다.

"그때 누이는 겨우 일곱 살, 나는 열둘이었다네. 휴우- 그 일이 벌써 열다섯 해 전이로구먼."

기훈의 속내

그 뒤 백씨 부자는 장가방의 식솔이 되었다고 한다. 장 대인은 천상 장사꾼이었다. 자신에게 쓸모가 있다 판단되면 상대의 핏줄이나 과거 따윈 굳이 캐묻지 않았다. 따라서 장가방에는 이미 조선 출신 여럿이 자리를 잡고 있었다. 그가 유독 조선 사람들에게 호의적인 것으로 미루어 보아, 그의 선조가 고구려의 유민이라는 설이 돌기도 하였으나, 워낙 까마득한 옛날의 일인지라 딱히 확인할 길은 없었다.

"아버지께서 그러시더군. 바다에 떠 있는 자네 오누이를 처음 발견한 순간, 아영이가 떠올랐다고. 자네들을 살리지 못하면 우리 아영이를 또 한 번 죽이는 일이 될 것만 같아 겁이 났다고. 실은 나도 비슷한 느낌을 받았더랬네. 청이를 처음 보던 날, 오래전 용궁으로 간 아영이가 아리따운 처녀로 장성하여 돌아온 것만 같은……"

한동안 말없이 술잔만 기울이던 기훈이 다시 입을 열었다.

"이제 자네 오누이의 사연도 들어 볼까?"

조금은 취기가 오른 눈빛으로 덕이의 두 눈을 빤히 바라보았다.

"내 그동안 자넬 단순한 사환이 아니라 친 동기간처럼 여겼건만, 자넨 어찌 나마저 속이려 하는가? 자, 이 형님 술 한 잔 더 받고, 자네 가슴에 얹힌 돌을 속 시원히 내려놓게."

도화동에 다녀온 뒤로, 기훈은 이미 많은 것을 알고 있었다. 덕이의 입을 통해 이실직고를 받고 싶을 뿐이었다. 덕이도 기훈 앞에서 더 이상 과거를 숨기는 일이 무의미함을 깨달았다.

"형님께선 청이를 처음 보았을 적에 세상 떠난 누이를 떠올렸다 하셨지요. 저도 형님을 처음 뵈었을 때, 비명에 숨진 가형[40]을 떠올렸지요. 기훈 형님보다 한 살 아래였는데, 이름은 병 자 욱 자를 썼습니다. 저 역시 본디 이름은 조병덕이고요."

덕이는 지나온 일들을 술술술 풀어놓았다. 술이 들어가서인지 별 막힘이 없었다. 아버지와 형이 역모에 휘말려 이승을 하직한 이야기며, 어찌어찌하여 황주 도화동으로 흘러든 이야기, 그곳에서 이름을 바꾸고 벙어리 행세를 하게 된 이야기, 청이란 아이를 알게 된 이야기, 팔려 가는 청이를 구하려 남경 장삿배에 오르고 끝내는

---

40 **가형(家兄)**: 남에게 자기 형을 이르는 말.

인당수에 뛰어든 이야기까지……. 그 긴 사연을 기훈은 잠자코 듣기만 하였다.

이윽고 덕이의 말이 끝나자, 기훈이 감추어 둔 속내를 슬며시 드러냈다.

"내 짐작은 하고 있었네. 처음부터 자네 두 사람 서로를 바라보는 눈빛이 정녕 친 오누이의 그것은 아니었네. 허나 이제는 양가의 두 어른께서 부부의 연을 맺으신 마당에, 자네와 청이 사이에 무슨 기약이 남아 있겠는가? 오누이 간에 정분을 키우는 일은, 조선이 오랑캐라고 손가락질하는 이곳 청나라 사람들도 하지 않는 짓일세. 백 번 천 번 따져 보아도 도리 없는 일이지. 진짜 오누이가 된 것으로 위안을 삼을밖에."

"그야 그렇지요."

덕이는 힘없는 대답 끝에 긴 한숨을 내쉬었다. 그리고 손에 든 잔을 비웠다. 기훈이 덕이의 잔에 술을 채우며 넌지시 말을 건넸다.

"이왕 이리 된 거, 청이를 내게 주시게나."

"예에?"

덕이는 놀란 나머지 손에 든 술잔을 떨어뜨렸다. 반나마 채워지던 술이 탁자 위로 쏟아졌다.

"그, 그건, 아니 될 말씀입니다!"

덕이가 정색을 하자, 기훈이 구슬리듯 물었다.

"아니, 어찌하여 아니 된단 말인가? 청이가 내 사람이 되면, 그건 곧 자네도 내 사람이 되는 것일세. 자네 오누이 이곳에서 평생 아무런 걱정 없이 편히 살 수 있단 말이지."

"청이나 저나 하루 속히 조선으로 돌아가야 하는 몸입니다. 청이는 눈먼 아비를 모셔야 하고, 저 역시 홀어머니의 노후를 보살펴야 하니까요."

기훈은 지체 없이 대답했다.

"그 점은 아무 염려 말게. 내가 심 봉사 어른과 자네 어머님을 이곳으로 모셔 올 터이니. 어머님이나 자네나 조선 땅보다는 이곳이 한결 마음 편하지 않겠는가? 자네의 아까운 재주를 펼치기에도 이곳이 훨씬 낫고 말일세."

덕이는 무어라 대꾸할 말을 찾을 수가 없었다. 과음한 탓인지 속은 쓰리고 머리는 몽롱했다.

"형님, 미안하오. 나는 이만 좀 쉬어야겠소."

"어어, 그래, 푹 쉬시게. 그럼 일단 자네는 허락한 것으로 알고 가겠네."

방문을 나선 기훈은 비틀비틀 빗속으로 사라져 갔다. 그사이 빗줄기가 제법 굵어졌으나 기훈에게 그 따위는 아랑곳없어 보였다.

덕이는 술상도 치우지 못한 채 침상 위로 쓰러졌다. 한바탕 회오리가 지나간 것처럼 가슴이 휑했다. 허나, 오늘의 술자리가 아무런 소득이 없는 것은 아니었다. 자신과 청이 사이에 남녀로서의 인연은 여기까지임을 명명백백하게 깨달았으니 말이다.

그 뒤로 덕이와 청이는 예전처럼 살갑게 지낼 수가 없었다. 청이가 덕이의 처소를 찾는 일도, 덕이가 화원에 들러 청이를 부르는 일도 사라졌다. 오다가다 어쩌다 마주쳐도 가볍게 고개만 숙이고 지나칠 뿐이었다. 가짜 오누이 시절에는 하루라도 서로의 얼굴을 못 보면 끼니를 거른 듯 속이 허전하였건만, 정작 진짜 오누이가 되고 나니 서로의 얼굴을 보는 일이 그토록 괴롭고 심란할 수가 없었다. 소망이란 참으로 무서운 것이다. 소망이 있을 적엔 아무리 험한 파도가 막아서도 둘이 굳게 손잡고 헤쳐 나가리란 자신감도 있었다. 하지만 그 소망이 일순간에 꺾여 버리니 굳이 손을 잡을 일도, 파도를 헤쳐 나갈 필요도 사라져 버린 것이다.

이미 소망의 뿌리가 뽑혀 버렸건만, 무슨 미련이 남았는지 덕이는 궁금했다. 기훈 형님은 청이에게 자신의 속내를 드러내 보였을까? 그랬다면 청이는 과연 어떤 반응을 보였을까?

기훈과 홍건한 술판을 벌인 날로부터 한 달 남짓 지났을까. 기훈이 한낮에 약재전엘 들러 덕이를 찾았다.

"우리 아우님, 그간 별고 없으셨는가?"

"예, 덕분에 잘 지내고 있습니다. 형님도 별일 없으시죠?"

기훈의 의례적인 인사에 덕이도 의례적인 대답을 했다. 그렇다고 순전한 겉치레는 아니었다. 기훈과 청이 사이에 정말 별일이 없었는지 미치도록 궁금했으니까.

"별일? 그러게, 별일이 좀 있어야 할 텐데, 안타깝게도 없네그려."

기훈은 손갓을 하고는 하늘을 쳐다보았다. 한낮의 햇살에 눈이 부신지 미간을 찌푸렸다.

"보기 좋게 퇴짜를 맞았네."

귀가 솔깃해진 덕이가 어리숙한 척 되물었다.

"그게, 무슨 말씀이신지?"

"자네 누이, 청이 말일세. 내가 심사숙고 끝에 기회를 봐서 어렵사리 얘기를 꺼냈더니만, 글쎄 내 눈을 똑바로 들여다보면서 당돌하게 묻는 거야."

"뭐라고요?"

"자기를 따라 조선으로 가서, 거기서 평생 살 수 있겠냐고."

덕이도 알다시피, 기훈의 아버지는 다시는 조선 땅을 밟을 수 없는 처지다. 그러니 청이의 주문은 기훈에게 아버지도 버리고 장가방에서 다져온 입지도 버리고 장래의 출셋길까지 버릴 수 있느냐는 뜻이 된다. 물론 청이가 기훈의 자세한 속사정을 모르고 한 소리였겠지만 말이다.

"그리는 못할 일이나, 도화동 부모님을 등주로 모셔다가 잘 봉양할 수는 있다고 답했지."

"그랬더니요?"

"청이가 그러더군. 자기 아버지한테 도화동은 손바닥 같은 곳이라고, 거기서 태어나 거기서 육십 평생을 사셨으니, 비록 앞이 보이지 않는다 하여도 그리 큰 불편함은 없다고. 환갑이 코앞인 양반이 무슨 부귀영화를 보겠다고 낯설고 물 설은 청나라까지 오시겠냐고 말일세. 두 눈 멀쩡한 늙은이도 그리 어리석은 일은 아니 할 거라고."

듣고 보니 옳은 말이었다. 백씨 아저씨가 조선으로 돌아갈 수 없듯이, 봉사 어른도 도화동을 떠날 형편이 아닌 것이다. 전날 기훈과의 술자리에서 자신은 왜 그런 대꾸를 하지 못했는지 후회스러웠다. 입으로는 눈먼 아비를 원망하던 청이가 속으로는 시종일관 아버지를 걱정하고 있음이 확인되는 순간이었다.

"자, 그럼 이제 신바람 나게 일이나 해 볼까?"

기훈은 손바닥을 소리 나게 탁탁 털며 발길을 돌렸다. 열두 살 어린 나이에 평생 지워지지 않을 깊은 상처를 입고서도, 말 한마디 통하지 않는 낯선 땅에 굳건히 뿌리를 내린 사내. 엎어지고 깨어져도 다시 일어나 꿋꿋하게 제 갈 길을 가는 사내. 그 사내의 뒷모습에 덕이는 진심 어린 목례를 올렸다.

삼 년 만의 귀향

    한 차례의 큰 태풍이 지나간 뒤, 덕이와 청이의 얼굴에선 봄꽃처럼 흐드러지던 생기가 싹 사라져 버렸다. 하지만 인간이란, 하나의 소망이 사라지면 또 다른 소망을 찾아내기 마련이다. 그래야 삶을 지속할 수 있으니까. 덕이는 등주에서의 새 인생이, 청이는 눈먼 아비를 만나는 일이 소망이라면 소망이었다. 둘은 각자에게 주어진 일에 무서우리만치 몰두했다. 덕분에 덕이는 타고난 상재[41]와 성실함을 인정받아 약재전의 서기 자리를 꿰찼고, 청이도 화원 돌보는 일과 청국말 배우기에 열중하면서 동료 여사환들과 친분을 쌓아 갔다. 속이야 어쩐지 알 길 없으나, 겉보기에는 두 사람 모두 상대에게 기대지 않고서도 그럭저럭 잘 살아가는 듯했다.

---

41 **상재(商才):** 장사하는 재주.

세월은 빠르게 흘러, 이듬해 가을이 되었다. 장가방의 상선이 일 년여 만에 평양으로 떠난다는 소식이 들려왔다. 이번에는 청이가 더 적극적으로 나섰다. 무슨 일이 있어도 아버지 곁으로 돌아가겠다는 결심이었다.

천만다행으로 송 의원의 진맥 결과도 나쁘지 않았다.

"아, 유위이즈위화차오다자오다오, 장러리치."

(음, 그동안 화초를 가까이 한 덕인지 기력이 많이 회복되었구먼.)

"나머, 저츠워먼커이쮀촨마?"

(그럼 이번에는 배를 타도 괜찮을까요?)

"워샹짜이저중칭쾅샤, 타커넝서우더주쓰톈더항다오뤼청."

(이 상태라면 사흘 뱃길은 감당할 수 있을 듯하네.)

"나스전더마? 이성"

(그게 정말입니까, 의원님?)

"워야오페이신더야오, 추강즈첸안스푸융저셰야오, 정예야오안몐, 나머짜이촨상커이런서우퉁쿠."

(새로 약을 좀 지어 줄 터이니, 출항 전까지 제때 잘 챙겨 먹고 되도록 잠을 푹 자게나. 그럼 배 위에서 좀 시달리더라도 견뎌낼 수 있을 게야.)

"셰셰. 페이창간셰."

(고맙습니다. 정말 고맙습니다.)

혼자서 송 의원을 만나고 나온 청이는 돌아오는 길에 약재전에 들렀다.

"저기, 오라버니······."

"어? 네가 이 시각에 어인 일이냐?"

"나 이번에 조선으로 떠나오. 송 의원께서도 허락하셨으니, 백 행수님이 이끄는 상단에 묻어갈 참이오."

그사이 백기훈은 장가방 본전의 행수가 되어 있었다. 지난해 평양 유상과의 거래를 성공적으로 치른 덕에 장 대인의 신임이 더욱 두터워진 것이었다.

"오라버니는 어쩌시려오?"

"글쎄, 나는······."

덕이라고 어머니의 안부가 궁금하지 않을 리 없었다. 저고리 편지 하나 달랑 남겨 두고 하직인사도 없이 훌쩍 떠나온 지 어느덧 삼 년이니 말이다. 하지만 솔직한 심정으로는, 걱정보다 원망이 더 컸다. 어찌 그런 무모한 일을 벌여서, 어렵사리 맺은 자신과 청이의 인연을 싹둑 잘라 버렸단 말인가? 게다가 실리적으로 판단할 때, 자신은 이미 등주 장가방에 든든하게 자리를 잡았고, 언제 붙잡혀 관노비 신세로 전락할지 모르는 조선 땅보다는 차라리 이곳 청나라가 안전하다. 청이의 남편으로서라면 모를까, 몰염치한 뺑덕어미의 벙어리 아들로 살기 위해 조선으로 돌아갈 마음은 좀처럼 생기지 않았다. 다만, 도화동에 찾아가 어머니의 꿍꿍이를 직접 확인하고 싶기는 했다. 자신의 짐작대로 어머니가 복수를 위해 벌인 짓이라면, 당장 어머니만 데리고 등주로 돌아올 심산이었다. 그게 오라비로서 청이의 짐을 조금이나마 덜어 주는 일이라 생각했다. 남녀 간의 인연은 오래전에 끝났을지언정, 오라비로서의 도리는 남아 있는 법이니까.

"그래, 일단 기훈 형님이랑 상의해 보마."

마침내 출항 날이 밝았다. 심덕과 심청 오누이는 나란히 배에 올랐다. 돕는 바람이 부는 철에 맞추어 배를 띄운 덕에 장가방의 상선은 사흘 만에 대동강 하류의 송림에 닿았다. 그곳에서 배를 빌려 도화동으로 향할 참이었다.

"꼬박 삼 년 만이겠구먼, 자네들 부모님을 다시 뵙는 것이."

"이게 다 백씨 어르신과 형님께서 오갈 데 없는 저희 오누이를 피붙이처럼 잘 보살펴 주신 덕분이지요. 그 은혜는 절대 잊지 않을 것입니다."

덕이의 말에 백 행수가 쑥스러운 표정을 지으며 손을 저었다.

"어허, 이 사람…… 무슨 말을 그리 섭섭하게 하는가? 마치 다시는 안 볼 사람처럼."

백 행수는 옷소매에서 비단으로 만든 갸름한 봉투 하나를 꺼내 덕이에게 건넸다. 거기엔 나무패 하나와 어음 한 장이 들어 있었다.

"형님, 이것은……."

"자네가 우리 장가방 식구임을 증명하는 신표와 천은 이백 냥짜리 어음일세."

"이걸 왜 저한테?"

"지난번 도화동에 들렀을 때, 자네의 처지를 어느 정도 짐작할 수 있었네. 조선 땅에선 자네가 맘껏 운신하기 어려울 듯하여 장가방의 신표를 준비한 걸세. 그 신표는 자네가 청국 장가방 사람임을 증명해 줄 터이니, 혹시라도 무슨 일이 생기거든 알아서 잘 쓰게나. 그리고 그 어음은 아무 때고 평양에 있는 유상 본전에 내밀면 조선 돈으로 바꾸어 줄 걸세. 청이네 집이 몹시 낡았던데, 이참에 번듯한 와가(기와집)라도 한 채 마련하여, 그간 마음고생하신 부모님 잘 모시게."

"형님."

덕이는 목이 메었다. 당시 시세로 천은 한 냥은 조선 돈 넉 냥에 해당한다. 조선에서 쌀 한 석이 닷 냥에 거래되고 있었으니, 백 행수가 건넨 어음은 무려 쌀 백육십 석에 해당하는 거금이었다. 그 정도면 도화동이 아니라 평양에서도 제법 큼지막한 와가를 장만할 수 있을 것이다.

송림에서 배를 빌려 타고 밖골 나루에 당도한 오누이는 서둘러 청이가 살던 집으로 향했다. 청이네 작은 기와집은 사람의 손길이 오랫동안 닿지 않은 듯 버려져 있었다. 마당엔 잡풀이 우거지고, 여기저기 거미줄이 드리운 데다 창호문은 너덜너덜했다. 오누이는 무언가 불안한 마음으로 집 안팎을 둘러본 뒤, 가까운 거리에 있는 주막을 찾아갔다.

한눈에 청이를 알아본 귀덕어미가 호들갑스럽게 반겼다.

"어머! 어머! 이게 누구야? 우리 청이가 돌아왔네!"

귀덕어미는 청이를 덥석 끌어안았다가 얼굴을 매만지다가 두 손을 꼭 붙잡았다가 머릿결을 쓰다듬다가 하면서, 죽은 딸이라도 살아 돌아온 양 어쩔 줄을 몰라 했다. 그렇게 한바탕 야단법석을 피운 뒤에야 정신을 차린 듯 곁눈질을 하며 물었다.

"한데 같이 온 저 총각은 누구냐? 설마, 남경 갑부라는 네 신랑은 아닐 테고……"

귀덕어미는 뺑덕을 알아보지 못했다. 그도 그럴 것이, 뺑덕이 도화동에 머문 다섯 달 동안 귀덕어미와 얼굴을 마주친 게 몇 차례 안 될뿐더러, 그때의 뺑덕과 지금의 심덕은 겉모습이 영 딴판이었다. 우선 키가 훤칠하게 자란 데다 낡은 무명옷은 청나라 비단옷으로 바뀌었고, 노상 꺼칠하던 얼굴엔 윤기가 흐르고 거뭇거뭇 수염까지 자랐으니 말이다.

"오호라! 남경 갑부가 자기 색시 잘 좀 지키라고 딸려 보낸 호위 무사로구먼! 아무렴, 그럴 만도 하지."

귀덕어미는 혼자서 북 치고 장구 치고 다했다. 청이는 입가에 얼핏 미소를 띠면서도 걱정스러운 눈빛으로 조심스레 물었다.

"저기, 우리 아버지는 어디 가셨나요? 뺑덕 어머니랑 함께 사신다는 소식은 들었는데……."

그러자 귀덕어미가 갑자기 열불을 냈다.

"뺑덕어멈, 고 망할 년 소문이 청나라까지 났더냐? 내 그놈의 여편네라면 아주 넌더리가 난다."

"아니, 왜요?"

"글쎄, 그 빌어먹을 여편네가 남경 상인들이 두고 간 너희 아버지 재산 깡그리 말아먹고, 그것도 모자라 동네방네 온갖 패악질을 하며 돌아다녔지 뭐냐? 도화동 주민이라면 너나할 것 없이 혀를 내두를 정도였지."

천성이 털털하고 씩씩한 청이지만, 적잖이 놀라는 기색이었다. 그 모습을 바로 옆에서 지켜보는 심덕의 마음은 좌불안석이었다. 청이 역시 곁눈질로 덕이의 눈치를 살피며 조심스레 물었다.

"전 믿기지가 않네요. 뺑덕 어머니께서 왜 그런 일을……."

"그러게나 말이다. 그 여편네가 툭하면 우리 집에 와서 술을 처먹곤 했는데, 술만 들어가면 만만한 이 몸을 붙들고는 헛소리를 늘어놓는 거야. 청이도 죽고 뺑덕이도 죽었다고, 청이년이 생때같은 내 아들 잡아먹었다고. 아, 물론 청이 네가 여길 떠난 그 무렵에 뺑덕이가 종적을 감추긴 했지. 허나, 뺑덕이 걔가 본디 벙어리에다 좀 모자랐잖느냐. 저 혼자 벼랑에서 굴렀든지, 강물에 빠졌든지, 그도 아니면 어디 낯선 데 가설랑 정신줄을 놓은 게지, 청이 너랑 무슨 상관이 있다고 거기 갖다 붙이길 붙여? 안 그러냐 청아?"

청이는 연신 덕이의 안색만 살필 뿐 무어라 대꾸할 수가 없었다. 그러거나 말거나 귀덕어미는 내쳐 이야기를 풀어놓는다.

"아, 그렇게 청이가 원수 같으면 봉사 어른이랑 함께 살지를 말든지, 왜 봉사 어른한테 철썩 들러붙어서는 거머리처럼 피를 빠느냔 말여? 인두겁을 쓰고 그럼 못쓴다고 내가 열두 번도 넘게 말렸는데도, 그 썩을 여편네가 영 들어 먹지를 않아. 맘씨 여린 봉사 어른도 당신 손으로 차마 내치지도 못하고. 내 눈치로는, 그 여편네 마누라 구실도 제대로 안 하는 것 같더구먼……."

청이가 더는 듣기 민망하였는지, 얼른 다른 걸 물었다.

"한데, 집은 왜 저리 비어 있는 건가요? 혹시 어디 이사라도……."

"글쎄, 그게 말이다……."

귀덕어미는 가볍게 미간을 찌푸리며 기억을 더듬었다.

"하루는 뺑덕어멈이 와서 술이 떡이 되도록 들이붓고는 또 주사를 부리는데, 어찌된 영문인지 여느 때랑은 가락이 좀 달라. 아이구 불쌍한 영감태기, 박복한 영감태기, 두 눈 잃고 마누라 잃고 딸자식마저 잃고, 에구 에구 지지리도 팔자 사나운 영감태기, 평생 꽃

구경 단풍구경을 한 번 못해 보고…… 아, 이러면서 청승 지랄을 떠는 거야. 아니, 제깟 년이 언제부터 봉사 어른 걱정을 했다고? 아, 그래 놓고는 바로 다음 날, 감쪽같이 사라진 게야. 봉사 어른이랑 둘이서."

"그게 언제쯤 일인데요?"

"음…… 지난봄이지. 한창 꽃피는 춘삼월. 나도 처음엔, 이 여편네가 아주 제대로 미쳐서 봉사 어른 앞세우고 어디 꽃구경이라도 갔나, 생각했으니까.

"그 뒤로 아무 소식이 없고요?"

"없어. 감감무소식이야. 내 이따금 너희 집 앞을 지날 적마다 안을 기웃거려 보았지만, 고양이 한 마리 들른 흔적이 없어. 에구구, 가련한 봉사 어른. 여태 아무 기별이 없는 걸 보면, 어디서 흉한 일이나 당하지 않으셨는지, 원……"

귀덕어미는 옷고름을 끌어당겨 눈물을 찍어 냈다. 심덕이 자신의 봇짐에서 천은 닷 냥을 꺼내 귀덕어미에게 건네며 부탁했다.

"혹시라도 그분들 돌아오시면 꼭 좀 붙잡아 두십시오. 저희 마님께서 반드시 다시 찾아오실 거라고요."

귀덕어미는 언제 울었냐는 듯 반색을 하며 넙죽 돈을 받아 챙겼다.

"아이고! 세상에 이리 큰돈을…… 아무 염려 마시오. 봉사 어른 그림자만 나타나도 내 새끼줄로 칭칭 묶어 둘 테니."

뜻밖의 만남

오누이는 쓸쓸히 발길을 돌려 평양으로 향했다. 정처 없이 떠도는 부모님 소식을 주워들으려면 외진 도화동보다는 물길 뱃길로 수많은 이들이 오가는 평양이 한결 나으리라는 판단이었다.

백 행수 일행은 아직 평양에 머물고 있었다. 오누이는 백 행수에게 다리를 놓아 달라 청하여, 유상의 보부상단을 총괄하는 행수 오만복을 만났다. 오랜 세월 햇볕에 그을려 까무잡잡해진 얼굴색과 허옇게 센 머리가 묘한 조화를 이루는 중늙은이였다. 본래 보부상이라고 하는 것이 이곳저곳 떠돌며 장사하는 일이긴 하지만, 유상의 보부상단은 조선팔도에서 발이 넓기로 소문이 나 있었다. 그들을 통한다면 사라진 아비 어미의 자취를 찾을 수도 있지 않을까, 기대한 것이었다.

"음…… 심학규라는 맹인은 나이가 예순 가까이 되었고, 뺑덕어미라는 아낙은 쉰이 좀 넘었다? 아마도 그 둘이 함께 떠돌아다니고 있을 것이다? 일단 내 수하들에게 그리 일러는 두겠네만, 반드시 찾으리라는 보장은 못하니 큰 기대는 품지 마시게."

유상을 빠져나온 백 행수는 오누이를 어느 와가로 데려갔다. 대문을 들어서자 기역 자 모양의 안채와 한 일 자 모양의 사랑채가 널찍한 마당을 사이에 둔 채 마주보고 있었다. 잘 가꾸어진 정원과 아담한 연못까지 갖춘, 제법 기품이 서린 가옥이었다.

"이곳은 유봉헌일세. 앞으로 우리 장가방 식솔들이 평양에 드나들 일이 종종 생길 듯하여 마련한 것이라네. 언제까지가 될지는 모르지만, 아우님이 이곳을 좀 맡아 주게. 청이와 함께 이곳에 머물면서, 이따금 들르는 장가방 식구들에게 도움을 주기만 하면 되네."

말은 그리 하였지만, 그것은 사실 오누이를 위한 백 행수의 배려였다. 당장 오갈 데 없는 오누이로서는 거절할 이유가 없었다.

백 행수 일행은 닷새가량 유봉헌에 머물며 크고 작은 거래들을 무사히 마쳤다. 평양을 떠나면서 백 행수는 심덕에게 한 가지 임무를 주었다.

"천은 오천 냥을 두고 갈 터이니, 청나라에서 인기 높은 조선의 삼과 지물, 호피와 수달피를 구입해 놓게나. 시세라는 것이 본디 좀 오르락내리락하는 것이니, 자네가 판단하기에 적절한 시점에 사들이면 되네."

그 일을 처리하기 위해 오누이가 함께 평양 송방[42]을 찾았다. 청이가 말하기를, 아비 찾는 일은 어차피 길어질 듯하니 이참에 자기도 장사 일을 좀 배워 보고 싶다는 것이었다. 심덕의 생각에도, 청이 혼자 휑뎅그렁한 유봉헌을 지키느니, 바깥바람도 쐬고 사람들과 이런저런 이야기를 나누는 편이 심신에 두루 이로울 듯했다. 청이가 예전 도화동 시절의 활달한 성품을 되찾는 듯하여 반갑기도 했다. 하지만 그날의 외출이 청이의 운명을 바꾸어 놓으리라고는 짐작도 하지 못했다.

송방에서 오누이를 맞이한 이는 대행수[43] 최명근이었다. 단정한 외모에 다정다감한 눈빛 그리고 부드러운 말솜씨를 갖춘 젊은 장사꾼이었다. 오누이와 최명근의 첫 만남은 매우 화기애애한 분위기 속에 이루어졌다. 최명근은 심덕이 원하는 물량을 최상질의 송도 삼으로 한 달 안에 준비해 주마고 약조했다. 그런데 한 가지 이상한 점은 최명근이 이야기를 나누는 내내 연신 청이를 힐끔거린다는 것이었다. 오죽하면 청이가 눈길 마주치기 부담스러워 슬그머니 고개를 돌릴 정도였다.

거래를 마치고 나온 심덕은 청이를 유봉헌에 먼저 데려다 주고

---

42 **송방**: 송상(송도 상단)이 타 지역에 설치한 분점.
43 **대행수**: 행수보다 한 단계 높은 상단의 고위직.

는, 지근거리에 있는 유상 본전에 들렀다.

"오 행수 어른, 송방의 대행수인 최명근이란 자 말입니다, 어떤 사람입니까요? 대행수를 맡기엔 한참 어려 보이던데……."

"아, 그 친구. 조선 상계를 주름잡는 송상의 대방[44] 최도환의 둘째아들이라네. 아비의 신임이 워낙 두터워 스물넷 젊은 나이에 평양 송방을 책임지고 있다네."

"그렇군요. 사람 됨됨이는 좀 어떤가요?"

"총각이 그 나이쯤 되면 간혹 색주가도 들락거릴 법한데, 그자는 그저 일밖에 몰라. 거래 때문에 두어 번 만나긴 했는데, 사내가 술도 별로 안 하고 영 재미가 없더라고."

오 행수의 인물평은 지극히 주관적인 것이었다. 하지만 심덕은 나름 소득을 얻었다고 생각했다. 오 행수에게 정중히 인사를 하고는 유상 본전을 빠져나오는데, 누군가 종종걸음으로 쫓아오며 알은체를 했다.

"저기, 혹시…… 병덕 도련님 아니십니까?"

심덕은 가슴이 덜컥 내려앉았다. 정작 본인조차 오랫동안 잊고 지낸 이름을 부르는 자가 있다니, 도대체 누굴까?

"접니다요, 우 서방."

---

44 **대방**: 대규모 상단의 우두머리. 요즘으로 치면 재벌 회장쯤에 해당한다.

휘둥그레진 심덕의 두 눈엔 놀라움과 반가움이 교차했다.

"아니, 아저씨가 어찌 이곳에?"

삼 년 전 그날 삼개나루에서 헤어진 뒤, 우 서방은 서둘러 처자식을 챙겨 몸을 피했다. 혹시라도 역모사건의 불똥이 자신에게까지 튈지도 모른다는 두려움 때문이었다. 사태가 잠잠해질 때까지 경기도 파주에 납작 엎드려 지내던 그는, 주인집 모자가 평양행 배에 올랐던 일을 떠올렸다. 그곳으로 가면 주인마님과 도련님을 다시 만날 수 있을 거라는 한 가닥 기대를 품고서, 일가족을 거느리고 평양에 온 것이다.

"제가 배운 거라고는 주인어른 뫼시고 장사 좀 해 본 게 전부인데, 낯선 평양에서 무얼 하겠습니까요. 이곳 유상에 찾아와 보부상이라도 해 보겠노라 통사정을 했습죠. 그게 벌써 이태 전입니다요."

심덕도 그간 자신이 지내온 이야기를 간략하게 들려주었다. 그러고는 이제부터는 자신을 '심덕'이란 이름으로만 기억하라고 당부했다.

"예, 심덕 도련님. 오매불망 그리던 도련님을 드디어 만났으니, 이제부터 소인은 도련님을 모시겠습니다요."

심덕은 다시 오 행수를 만나 우 서방을 데려가겠노라 허락을 구했다. 그리고 우 서방네 식구들을 유봉헌으로 들어오게 하였다. 우 서방에겐 아내와 세 남매가 딸려 있었다. 여덟 살 단심, 여섯 살 충석 그리고 이제 갓 돌이 지난 명석이었다.

"오오! 아장아장 걷던 코흘리개 충석이가 어느덧 이렇게 자랐구나! 이 형님 얼굴을 알아보겠느냐?"

심덕이 충석을 번쩍 들어 안았다. 어리둥절해하는 충석에게 우서방이 자못 엄한 표정을 지으며 말했다.

"오늘부터 네가 모셔야 할 심덕 도련님이시다. 어서 인사 올려라."

"아아, 괜찮습니다, 아저씨. 아직 한참 어린 아이가 무얼 알겠습니까."

백 행수 일행이 떠난 뒤로 조용하다 못해 쓸쓸하기까지 하던 유봉헌에 모처럼 활기가 돌았다. 청이도 그러한 변화가 반가운 기색이었다.

떠나야 할 시간

오누이가 송방에 다녀온 지 나흘째 되는 날이었다. 늦은 저녁 최명근이 거느린 수하 하나 없이 홀로 유봉헌을 찾아왔다. 웬일로 옷소매에 술병까지 넣어 가지고.

"모처럼 귀한 술이 생겨 심 서기와 한잔 나누러 왔소이다."

그날 밤 두 사내는 권커니 잣거니 밤이 깊도록 이야기를 나누었다. 최명근은 머리가 총명할 뿐 아니라 심성이 올곧은 사람이었다. 그가 들려주는 조선의 사정 이야기는 짧은 시간 안에 심덕의 시야를 넓혀 주었다. 꼭 장사 때문이 아니더라도 이런 사람과 벗할 수 있다면 참 좋겠다는 생각이 들 정도였다.

그런데 취기가 좀 오르자, 최명근이 심중에 담아 온 말을 조심스레 끄집어냈다.

"심 서기, 저번에 동행한 누이 분 말이오. 아직 혼전이신 듯하던

데, 혹시 어디 혼담이 오가는 데라도 있소?"

난데없는 질문에 심덕이 다소 경계하는 눈빛으로 대답했다.

"그렇진 않습니다만……."

"아, 그렇구려. 실은 나도 말이오, 이 나이 먹도록 장가도 못 들고, 여태 마음을 준 여인 하나 없다오."

이 사람은 무슨 이야기를 하려고 이렇듯 군불을 지피나, 심덕은 마음이 편칠 않았다. 아니나 다를까, 최명근이 단도직입적으로 제 마음의 뚜껑을 열어젖혔다.

"나는 말이오. 내 마음을 온전히 사로잡는 여인을 만나서 한눈팔지 않고 백년해로하는 것이 소박한 꿈이라오. 제아무리 재물이 많으면 뭣하겠소? 가화만사성이란 말도 있듯이, 집안이 평안하지 못하면 다 부질없는 거 아니오? 우리 부친 외입질에 첩질 때문에 평생 속 끓이며 사신 우리 어머니! 내 마누라만큼은 절대 그런 마음고생 시키지 않겠노라 다짐했다오. 그러기 위해서는, 집안 어른들이 이런저런 수지타산에 맞춰 짝지어 주는 처자 말고, 내 마음을, 아니 내 심장을 송두리째 주고픈 그런 여인을 만나야 하는 것 아니겠소?"

심덕은 주정인지 고백인지 모를 최명근의 이야기를 잠자코 듣기만 했다.

"한데, 심 서기께서 우리 송방을 찾으신 바로 그날! 내 그런 여인을 만났소이다. 난 첫눈에 느낄 수 있었소. 바로 이 사람이다! 나와 백년해로할 운명의 여인이 바로 이 사람이다! 맹세컨대, 내 심장이 그런 전율을 느낀 건 내 생에 처음이오."

심덕은 영 마뜩찮았다. 이자가 우리 청이에 관하여 무얼 얼마나 안다고 섣불리 이런 수작을 부린단 말인가? 어쩌면 예상보다 마음 씀씀이가 헤픈 사람일지도 모른다.

"자, 대행수님, 밤도 깊었으니 오늘은 이만 돌아가시지요."

"아, 알았소. 대신 다음에 또 찾아오더라도 문전박대하면 아니 되오."

"그야 물론이지요. 제가 어찌 대행수님을 내치겠습니까."

최명근은 그 뒤로도 종종 유봉헌에 발길을 했다. 때로는 거래를 핑계 삼아, 때로는 세상 돌아가는 이야기나 나누자며. 그리고 그때마다 청이도 함께 자리하여 주기를 원했다. 청이도 굳이 피하지는 않았다. 이왕 장사를 배워 보기로 한 마당에 조선의 상권을 쥐락펴락하는 송상의 후계자와 거리를 둘 까닭이 없으니 말이다. 다행히 최명근도 더는 청이를 힐끔거리지 않았고, 자신의 속내를 내비치는 어설픈 짓도 벌이지 않았다. 심덕과 청이는 그와의 만남을 통하여 장사에 대하여, 세상사에 대하여 참으로 많은 공부를 할 수가 있었다. 송상의 최도환이 왜 차남인 그를 후계자로 지목하고 있는지, 절로 고개가 끄덕여질 정도였다. 그렇듯 자연스러운 만남이 쌓이고 쌓이면서, 청이도 차츰 최명근을 편히 대하게 되었다.

심덕은 이제 청이를, 아니 누이를 떠나보내야 할 때가 가까웠음을 느끼고 있었다. 이 겨울이 지나면 청이의 나이 열아홉이 된다. 언제 찾을지 모르는 부모를 기다린다는 구실로 누이를 마냥 붙잡아둘 수는 없는 노릇이었다.

'내가 청이의 진짜 오라비라면, 더 늦기 전에 좋은 짝과 맺어 주는 것이 당연한 도리겠지? 그게 정녕 청이를 위하는 길이겠지?'

마음을 굳힌 심덕은 송방으로 찾아가 최명근에게 한 가지 제안을 했다.

"대행수님, 진정 청이를 얻기 원하신다면 이것 하나만 약조해 주십시오."

"그게 뭐요, 심 서기? 내 무엇이든 약조해 드리리다."

"행적이 묘연해진 청이 부친을 찾아 주십시오. 당장은 어렵겠지만, 혼례를 치른 뒤에라도 반드시 찾아 주겠노라 약조해 주십시오. 그리 하신다면 제 누이도 대행수께 마음을 열 겁니다."

"아무렴요! 내 기꺼이 그리 하리다. 장인어른을 찾아서 뫼시는 일인데, 내 어찌 재물을 아끼고 시간을 아끼겠소?"

그날 밤, 심덕은 참으로 오랜만에 청이와 단둘이 마주앉았다. 그리고 최명근의 약조를 전하면서 그와 혼인할 것을 강권했다.

"이건 너와 나 그리고 너희 아버님까지 모두에게 이로운 길이다.

너도 이미 수차례 보아서 알지 않느냐? 최명근 그 사람의 됨됨이를. 허언을 할 사람도 아니요, 널 데려다 고생시킬 사람도 아니다."

"하지만 오라버니, 저는 아직 혼인 따위엔 관심이 없습니다."

"혼인 따위라니! 인륜지대사를 두고 어찌 그리 말하느냐?"

"……."

"사실 이 오라비는 너에게 심 봉사 어른을 찾아드릴 힘이 없다. 하지만 그 사람은 능히 그럴 만한 힘과 재물을 지니고 있다. 지금 너에게 가장 큰 바람은 바로 눈먼 아버지를 찾는 일이 아니더냐? 그 사람은 너의 간절한 소망을 반드시 이루어 줄 것이다. 그러니 아무 말 말고 이 오라비가 하자는 대로 따라 다오."

심덕은 으름장 반 하소연 반으로 누이를 설득했다. 청이는 속이 무너져 내렸다. 이제 이 사람이 정녕 나를 떼어내려 하는구나. 어차피 내 팔자에 사랑 따윈 없는 것을, 내게 허락된 유일한 소망은 눈먼 아비 찾는 일뿐인 것을. 내가 한사코 혼인을 마다하면, 그것이야말로 오라버니의 발목을 붙잡는 일이겠지? 오라버니에겐 오라버니가 훨훨 날아야 할 하늘이 있거늘……. 청이는 더 이상 아무런 대꾸도 하지 못했다.

그로부터 달포 뒤, 유봉헌 뜰에서 심청과 최명근의 혼례가 치러졌다. 혼례 준비는 우 서방 내외만으로는 힘이 부쳐, 유상 사람들의 도움을 받았다. 물론 혼수품과 잔치 음식을 장만하는 데 드는 비용은 심덕이 모두 치렀지만 말이다. 마침내 모든 준비가 끝나고 혼례를 치르기 전날 밤, 심덕은 자기 방에 차분히 앉아 붓을 들었다.

심청 보아라.

나는 내일 동이 트기 전에 평양을 떠나 등주로 돌아간다. 가서 이곳 유봉헌을 관리할 새 사람을 보낼 것이다. 그때까지는 우 서방 내외가 맡아 주기로 하였다.

이번에 등주로 돌아가면 내 다시는 조선 땅을 밟지 않을 작정이다. 그러니 너도 앞으로 이승에 오라비 따위는 없는 줄로 여기고, 최 서방을 믿고 의지하며 행복하게 잘살아라.

부디 꿈에도 그리던 아버님과 꼭 다시 만나길 빌어 주마.

조병덕 씀.

편지를 고이 접어 봉투에 넣은 뒤, 우 서방을 불렀다.

"아저씨, 내일 혼례 마친 뒤에 이걸 청이한테 좀 전해 주세요. 이왕이면 다른 사람 모르게요. 그리고 유봉헌을 관리할 사람은 아마 내년 봄에나 도착할 겝니다. 이 집과 곳간에 있는 물품들은 그때까지 아저씨가 잘 건사해 주세요."

"도련님, 정말 이렇게 떠나셔야 됩니까? 청이 아가씨 얼굴도 안 보시고……"

"예. 그게 서로를 위하는 길입니다. 최 서방한테는 등주에 급한 사정이 생겨 혼례에 참석하지 못함을 양해해 달라 전해 주세요."

심덕과 우 서방 사이엔 이미 어느 정도 이야기가 되어 있는 듯했다.

그날 밤 심덕은 우 서방 한 사람만의 배웅을 받으며 유봉헌을 떠났다. 멀어져 가는 심덕의 등 뒤로 갈바람을 못 이긴 낙엽이 두엇씩 지고 있었다.

심덕은 뭍길로 돌고 돌아 두 달 보름 만에 등주에 닿았다. 그 길은 죽음을 각오해야 하는 길이었고, 실제로 수차례 죽을 고비를 넘겼다. 심덕은 스스로 그 길을 택했고, 그 여정에서 자신이 과거를 모두 잊고 새롭게 태어나길 원했다.

돌아온 심덕을 가장 반긴 이는 백 행수였다. 심덕은 백 행수의 천거로 봉일단에 들어갔고, 삼 년 동안의 혹독한 훈련을 악착같이 견뎌냈다. 백 행수는 우수한 성적으로 봉일단을 마친 심덕을 장가방 본전으로 끌어들였다. 지난날 자신이 맡았던 본전 서기 자리를 맡긴 것이다. 하지만 안타깝게도, 심덕이 본전으로 자리를 옮기고 얼마 지나지 않아 백 행수는 항해 도중 풍랑에 휩쓸려 배와 함께 수장된다.

친형이나 다름없던 백기훈마저 잃고, 심덕은 마치 죽으려 작정한 사람처럼 목숨을 내놓고 일을 했다. 물길이든 뭍길이든, 해적이

든 비적이든 전혀 두려워하지 않았다. 그렇듯 죽자고 덤벼드니, 오히려 막힌 길도 뚫리고 아니 될 일도 성사되었다. 그러한 심덕을 눈여겨보던 장 대인은 자신의 무남독녀 장미령과 혼례를 치르게 한다. 이때 심덕은 스물다섯, 장미령은 열아홉이었다.

그뒤로 심덕은 장인어른의 신임 아래 장가방의 영향력을 연경, 상해, 명주, 남경 등으로 확장한다. 그리고 마침내 장 대인이 세상을 뜨자, 장가방의 영수 자리를 물려받는다. 심 대인은 아내 장미령과의 사이에 아들 둘과 딸 셋을 두었는데, 그들 모두에게 심씨가 아닌 장씨 성을 주는 파격을 보였다. 이는 자신이 세상을 떠난 뒤에라도 장가방의 명맥이 장씨 계보로 이어지길 원했기 때문이다.

하지만 심 대인은 엄청난 부와 권세를 손에 쥔 뒤에도 어미의 행방을 찾지 않았다. 이미 오래전, 평양을 떠나 수 차례의 죽을 고비를 넘기며 등주로 돌아오던 그 길에서 다짐하고 또 다짐했다. 나에겐 이제 어머니는 없다. 심 봉사의 집을 파탄내고 청이와의 인연마저 막아 버린, 그런 파렴치한 어머니 따위는 없다.

그리고 정말 모두 잊었다고 믿었다. 어머니도 청이도, 자신에게 슬픔과 고통만을 안겨 준 조선에서의 모든 악연도.

이야기, 소리로 되살아나다

떠도는 이야기, 소리가 되다

이튿날 심 대인은 느지막이 잠에서 깼다. 아무래도 엊저녁 술이 좀 과했던 모양이다. 우 행수는 주방에 일러 미리 준비해 둔 삼계죽을 대령했다. 간단하게 아침 요기를 마친 심 대인이 우 행수를 찾았다.

"자네, 어제 그 광대패가 어디에 머물고 있는지 아는가?"

"예, 어르신."

"그날 나와 이야기 나눈 그 소리꾼을 좀 불러다 주겠나."

"예, 어르신."

우 행수는 참 군더더기가 없는 사람이다. 심 대인이 무얼 지시하든 그 이유를 묻는 법이 없다. 그저 시키는 대로 똑 떨어지게 일처리를 할 뿐이다. 수년 전 세상을 뜬 아비 우 서방과는 사뭇 다르다. 심 대인은 그런 우 행수가 참으로 미더웠다.

채 한 식경이 지나기 전에 우 행수가 돌아왔다. 곁에는 다소 어리둥절해하는 표정의 늙은 소리꾼이 서 있었다.

"우 행수, 간단하게 술상 좀 봐서 저기 다락집[45]으로 올려다 주게나."

"예, 어르신."

여느 때와 다름없이 똑같은 대답을 하고서도, 이번만은 우 행수도 고개를 갸웃했다. 심 대인은 본디 그다지 술을 즐기는 편이 아니다. 그런 심 대인이 아침나절부터 술을 찾다니? 그것도 미천한 광대 나부랭이와 대작하려고? 그러나 우 행수는 이내 고개를 곧추세우고 주방으로 걸음을 재게 옮겼다.

잠시 뒤, 대동강이 한눈에 내려다보이는 다락집 위에서 두 사람만의 조촐한 술자리가 벌어졌다.

"자, 내 술 한 잔 받으시게."

심 대인이 술병을 들고 권하자 늙은 소리꾼은 몸 둘 바를 몰랐다.

"아, 아닙니다요. 쇤네같이 천한 것이 어찌 대인 나리의 술을 받겠습니까요. 허락하신다면 쇤네가 감히 나리께 술 한 잔 올립지요."

"아닐세. 자네나 나는 똑같이 늙어 가는 처진데, 신분 따위 따져서 무엇 하겠는가? 오늘은 내 자네를 말벗으로 부른 것이니, 이 술

---

45 **다락집**: 높은 기둥 위에 벽이 없는 마루를 놓아 지은 집.

사양치 마시게."

그제야 소리꾼은 두 손으로 술잔을 받들어 심 대인이 따라주는 술을 받았다. 그런 다음 술병을 건네받아 심 대인에게도 한 잔을 알맞게 따랐다. 일단 술로 입가심을 한 차례 한 뒤에 심 대인이 말문을 열었다.

"자네가 하는 그 '소리'라는 것이 떠도는 이야기에 가락을 붙인 것이라 했던가?"

"그렇습니다요, 나리."

"그렇다면 내가 떠도는 이야기 한 자락 해 볼 터이니, 자네가 한번 가락을 붙여 보겠는가?"

"쇤네의 미천한 재주로 어찌 나리의 이야기에 가락을 붙이겠습니까요. 말씀 거두어 주십시오."

"어허, 그 사람! 어떤 이야긴지 들어 보지도 않고 거절부터 하는 겐가? 그리고 내 이야기가 아니라 그저 떠도는 이야기일 뿐이래도?"

"아…… 예, 나리, 그럼 한번 귀담아들어 보겠습니다요."

심 대인은 장사차 떠돌 적에 주워들은 것이라며 이야기보따리를 술술 풀었다.

"저 옛날 송나라 말년에 황주 땅 도화동에 앞 못 보는 심 봉사와 그 아내 곽씨 부인이 살았다네."

"황주라시면 황해도 황주 말씀입니까요?"

"아닐세. 중국의 황주[46]에 도화동이란 마을이 있단 말이네. 내 방금 송나라 때의 일이라 하지 않았는가?"

"예, 어르신, 이어 말씀하시지요."

"하루는 두 내외가 잠을 자는데, 천상의 선녀가 학을 타고 내려오더니 계수나무 꽃가지를 손에 쥐고 큰절을 올리더라는 게야. 깨어 보니 두 내외가 똑같은 꿈을 꾸었다지 뭔가."

"거 참, 신기하구먼요."

"더 놀라운 건, 그날부터 곽씨의 몸에 태기가 있더니만 열 달을 채워 선녀처럼 어여쁜 딸을 낳았다는 걸세."

"오호라! 그러니까, 그 꿈이 태몽이었던 게로군요."

"그런 셈이지. 한데 호사다마라고, 해산한 지 이레 만에 아내 곽씨가 덜컥 세상을 뜨고 말았지 뭔가."

"저런, 저런……. 딱해서 어쩌누. 장님 혼자 갓난쟁이를 어찌 키운답니까요?"

소리꾼은 때맞추어 추임새도 잘 섞었다. 심 대인의 이야기는 그렇게 소리꾼의 추임새를 순풍 삼아 잘도 흘러갔다.

이야기는 한 식경은 족히 흘러 보낸 뒤에야 끝자락을 드러냈다.

---

46 **황주**: 중국 동남쪽에 자리 잡은 저장성의 성도. 중국어 발음은 항저우다.

"……이윽고 연꽃이 스르르 열리더니 아리따운 처녀가 나오더라네. 발그레한 뽀얀 얼굴, 별빛처럼 맑은 눈빛, 하늘의 선녀인들 그보다 더 고울쏜가? 송나라 천자가 신하들더러 큰 소리로 이르기를, 이 처녀는 날 위하여 하늘이 내린 짝이로다. 내 당장 이 처녀를 황후로 삼으리라! 그리하여 심청이는 송나라 천자의 황후가 되었다네. 그 뒤로 고을마다 풍년이요 나라 안이 평안하니, 신하들은 물론이요 온 백성이 심 황후의 덕을 칭송하였다는 이야기일세."

"대인 나리, 참으로 재미나면서도 가슴 짠한 이야깁니다요. 빈말이 아니오라, 저희 소리꾼들이 떠들어 대는 이야기보다 훨씬 낫습니다요."

"허허, 참으로 그러한가? 그렇담 다행일세."

"한데, 나리?"

"왜 그러는가?"

"심 황후께선 눈먼 아비를 다시 만나지 못하셨습니까요?"

"그렇다네. 심 봉사가 그 뺑덕어멈한테 낚이지만 않았어도, 남경 상인들이 두고 간 재물로 부족한 것 없이 살았을 텐데. 그랬으면 삼 년 뒤에 돌아온 딸과도 순조롭게 재회했을 테고. 천하에 둘도 없이 고약한 뺑덕어멈 때문에 가산을 모두 탕진하고 정처 없이 떠도는 신세가 된 게지. 딱한 양반, 쯧쯧쯧……"

"아무리 그래도, 딸이 대국의 황후가 되었으면, 사람을 풀어서라도 자기 아비를 찾았을 거 아닙니까요?"

"찾기는 찾아보았겠지. 허나, 중국 땅이 좀 넓은가? 아마도 심 봉사는 뺑덕어멈한테 버림받고 유리걸식하다가 필경엔 어느 낯선 골짜기에서 객사하고 말았을 게야. 그것이 다 팔자라는 거 아니겠나."

심 대인은 슬그머니 고개를 돌려, 한낮의 눈부신 햇살이 물이랑 위에서 너울너울 춤추는 것을 바라다보았다. 아마도 '떠도는 이야기'는 그쯤에서 마무리하고픈 기색이었다. 소리꾼도 입을 다문 채, 햇살의 춤사위가 아른아른 되비치는 심 대인의 옆얼굴만 물끄러미 바라볼 뿐이었다.

"자네들, 이제 어디로 가려는가?"

심 대인이 뜬금없는 물음을 던졌다.

"송도와 한양을 거쳐 남쪽으로 내려가 볼 생각입니다요."

"그래, 아무래도 그쪽이 길도 편코 연희판을 벌이기도 수월할 테지. 내 이따가 사환 아이 편으로 돈을 좀 보낼 터이니, 노자에 보태 쓰게나."

"예, 고맙습니다요, 나리!"

소리꾼은 심 대인에게 큰절로 하직인사를 올리고는 여각에서 물러갔다.

뺑덕의 눈물

그로부터 달포가 지난 어느 날이었다. 늙은 소리꾼이 유봉각을 찾아와 심 대인 뵙기를 청했다. 심 대인이 소리꾼을 방으로 들여 물었다.

"자네가 어인 일인가? 벌써 삼남[47]을 한 바퀴 돌고 온 겐가?"

"아닙니다요. 송도에서 한 달가량 머물다가 나리께 진 이야기 빚을 갚고 내려가야 제 마음이 편할 듯하여, 이리 찾아뵌 것입니다요. 저희 패거리와는 한양에서 다시 만나기로 합구요."

"이야기 빚을 갚다니, 그게 무슨 말인가?"

"지난날 나리께서 쇤네에게 잊지 못할 이야기를 들려주시지 않았습니까요. 하여, 오늘은 쇤네가 나리께 이야기를 하나 들려드리

---

47 삼남: 충청도, 전라도, 경상도를 아울러 이르는 말.

고자 합니다."

"호오, 이번엔 소리가 아니라 이야기인가? 어디 한번 들어나 보세."

"예, 나리. 실은 쇤네가 젊은 날에 눈먼 아비를 찾는 여인을 만난 적이 있었습죠. 송도에서도 내로라하는 부잣집 마나님이었는데, 저희 같은 떠돌이 광대패를 만나면 그때마다 신신당부를 하셨지요. 혹시라도 당신 부친의 행적을 듣게 되면, 꼭 좀 찾아와 알려 달라고요. 눈먼 부친의 용모파기[48]까지 쇤네들 손에 쥐어 주면서 말입죠. 하지만 그 뒤로 세상살이에 바빠 까맣게 잊고 지냈는데, 지난번에 나리께서 들려주신 송나라 황후의 사연을 듣고는 불현듯 그 마님이 떠오르지 뭡니까요. 하여 요번에 송도에 머무는 참에 그 집을 한번 찾아가 보았습죠."

소리꾼의 이야기를 심 대인은 잠자코 듣기만 했다.

"주변 사람들한테 들으니, 그 마님은 가문의 대를 잇는 일보다는 맹인 아비 찾는 데만 골몰했답니다요. 송도의 보부상들한테도 청을 넣고, 나중엔 남편한테 베갯머리송사를 벌여 사흘간의 떠들썩한 맹인잔치까지 열었다지요. 허나, 아비는 끝내 나타나지 않았고, 마님은 결국 몸져눕고 말았습죠. 한데, 의원을 불러 진맥을 해

---

48 **용모파기**: 생김새를 알아볼 수 있게끔 그린 그림. 요즘으로 치면 몽타주라 할 수 있다.

보니, 아랫배 깊숙이 한기가 들어차 본디 아기를 갖기 어려운 몸이더라지 뭡니까."

순간 심 대인의 미간이 움찔하며 일그러졌다.

"아기도 못 낳는 여편네가 병까지 들었으니 달가워할 사내가 어디 있겠습니까요? 한동안 뒷방신세로 지내다가 채 서른도 못 되어 내침을 당하고 말았답니다요. 그나마 남편이 갑부인지라 한 살림 떼어 분가를 시켜 주었다지요. 하여, 함께 집을 나온 몸종과 둘이서 쓸쓸히 늙어 가다가 지난겨울을 넘기지 못하고 세상을 떴답니다요."

심 대인의 목이 앞으로 꺾였다. 심장에 통증이 느껴지는지 오른손이 왼쪽 가슴을 움켜쥐었다. 하지만 소리꾼은 어차피 한 번은 겪어야 할 아픔이라 여기는 듯, 담담하게 이야기를 이어갔다.

"지금은 그 몸종이 주인 떠난 빈집을 혼자 지키고 있답니다요. 한데 공교롭게도, 죽은 여인의 성이 나리께서 들려주신 심 낭자와 똑같이 뭡니까. 이름은 모르오나 그 여인도 심씨 부인이었다니……."

이야기 내내 침묵으로 일관하던 심 대인이 힘겹게 입을 열었다.

"어디라던가, 그 여인이 살던 집이?"

"한양 서소문 밖 약전현이라고 들었습죠. 집에서 내침을 당할 적에 심씨 부인이 남편에게 그곳에 작은 집 한 채만 마련해 달라 청했다더이다."

소리꾼이 다녀간 지 보름 뒤, 심 대인은 약전현의 다 쓰러져 가는 기와집 앞에 서 있었다. 비록 오랜 세월이 흘렀으나, 심 대인은 한눈에 그 집을 알아볼 수 있었다. 바로 자신의 외조부가 살던 집이었으니 말이다.

'하필이면 왜 이 집을 얻었을꼬?'

심 대인은 대문도 없는 그 집 마당으로 조심스레 들어섰다.

"안에 주인 계시오?"

그러자 방문이 삐거덕 열리더니, 세월의 더께를 머리에 인 초로의 아낙이 머리를 내밀었다.

"게 뉘시오?"

"혹시, 여기가 심씨 부인 사시던……."

그 말에 아낙의 눈이 번쩍 뜨였다. 아낙은 굼뜬 걸음으로 마당에 내려서며 되물었다.

"혹시, 심덕 어르신……."

심 대인은 말없이 고개만 끄덕였다.

"아이고! 어찌 이제야 오셨습니까? 우리 마님께서 나리를 얼마나 애타게 기다리셨는데……."

아낙은 심 대인을 얼른 방으로 들였다. 심 대인의 눈길이 아랫목으로 먼저 향했다. 늙고 병든 외조부가 늘 누워 지내던 그 자리였다.

"심씨 부인께선 어떻게 이 집을 구하셨는지 혹 아시는가?"

심 대인의 물음에 아낙이 대답했다.

"본디 이 집엔 어떤 약초꾼 노인장이 혼자 사셨다고 들었습니다. 그 양반 돌아가신 뒤로 삼 년가량 버려져 있던 것을, 마님께서 그 노인장의 큰아드님한테 값을 치르고 구하신 게지요."

외조부의 큰아들이라면 병덕의 어머니보다 다섯 살 위인 외삼촌이다.

"허면, 그게 언제 적 일인가?"

"마님께서 이리로 오신 게 스물일곱 되시던 해지요. 마님이 저보다 아홉 살 위시니까요."

심 대인은 머릿속으로 햇수를 셈해 보았다. 외조부께서는 딸과 외손주가 황망하게 약전현을 떠난 뒤로도 거의 십 년을 더 사신 셈이 된다. 워낙 몸이 편찮으신 데다가 큰일까지 당하여 오래 버티기 힘드셨을 거라 여겼는데, 참으로 모진 것이 사람 목숨이라는 생각이 절로 들었다. 살아 계신 줄 알았더라면, 지난날 조선에 처음 돌아왔을 때 무리를 해서라도 한 번 찾아뵐 것을, 때늦은 후회가 몰려왔다.

눈을 지그시 감고 잠시 생각에 잠겨 있던 심 대인이 다시 입을 열었다.

"한데, 심씨 부인은 왜 고향인 도화동으로 아니 가시고……."

"고향으로 돌아가셔야 할 이유가 사라진 때문이었지요."

"이유가 사라지다니, 그게 무슨 말인가?"

"마님께서 송도를 떠나시기 반 년쯤 전에 부친의 별세 소식을 들었습죠. 송상 휘하의 젊은 보부상 하나가 찾아와 전하기를, 황해도 재령의 어느 고을에서 늙은 거지 내외가 한뎃잠을 자다가 얼어 죽었는데 남편이 맹인이더랍니다. 내외 모두 이상한 피부병을 앓은 자국이 있어, 동네 사람들이 그냥 화장을 해서 강물에 뿌려 버렸다고요. 하여, 마님이 몸소 그 마을까지 찾아가 보셨으나 부친과 관련된 아무런 유품이나 흔적도 남아 있질 않았지요. 그때 쇤네가 마님을 모셨으니, 생생하게 기억하고 있습죠."

잠자코 듣던 심 대인이 가볍게 고개를 끄덕였다.

"그예 그리 되시고 말았구먼. 마님의 상심이 무척 크셨겠네그려."

어미의 부음을 이제야 들은 심 대인의 상심도 적지 않았다. 자신의 나이 벌써 환갑이니, 어머니께선 진즉에 딴 세상 사람이 되셨으리라 짐작은 하고 있었다. 하지만, 막상 이렇듯 소식을 접하니 가슴 한복판이 쩌르르 했다. 어머니, 어머닌 그래도 의리를 지키셨네요. 죽는 순간까지 봉사 어른과 함께 하셨으니 말입니다. 어머니 고맙습니다. 그리고 정말 송구합니다. 속 좁고 아둔한 이 불효자식을 부디 용서하지 마십시오.

심 대인은 한동안 아무런 말도 할 수가 없었다.

"참……."

아낙이 불현듯 생각이 떠올랐는지, 윗목에 놓인 반닫이를 열어 무언가를 꺼냈다. 비단주머니에 곱게 싸인 물건이었다.

"마님께서 돌아가시는 순간까지 가슴에 품고 계시던 유품입니다요. 혹시라도 당신이 세상을 뜬 뒤에라도 오라버니께서 찾아오시거든 전해 드리라고……."

아낙은 말을 채 끝맺지 못하고 눈물 콧물을 훔쳤다. 심 대인은 조심스레 비단주머니를 풀어, 그 속에 든 것을 꺼내 보았다.

손수건이었다. 빛바랜 무명 손수건. 손수건을 펼쳐 든 심 대인의 손이 가늘게 떨린다. 나뭇가지 위에 노란 꾀꼬리 한 마리가 앉아 있고, 다른 한 마리는 날개를 펼친 채 나뭇가지로 막 내려앉으려는데, 그 둘 사이에 못 보던 새 둥지가 놓여 있다. 둥지 안에는 앙증맞은 새끼 새 두 마리가 들어 있다. 아마도 아비가 물어 오는 먹이를 앞다투어 받아먹으려는 모양이다.

심 대인이 손수건을 찢을 듯이 노려본다. 얼굴이 묘하게 이지러지며 아래턱이 달달달 떨린다. 슬퍼하는 건지, 화를 내는 건지, 두려움에 떠는 건지 알 수가 없다. 왼손엔 손수건을 쥔 채로, 오른손으로 자기 무릎을 짚으며 심 대인이 자리에서 일어섰다.

"어르신, 벌써 가시게요?"

"아, 아니…… 가슴이 좀……."

마루로 나선 심 대인이 신을 신으려는 듯 왼발을 내려딛었다. 한데 그 발이 섬돌 가장자리를 헛딛는 바람에, 몸이 휘청하는가 싶더니 고대로 흙바닥에 나동그라지고 말았다.

"어이쿠, 어르신! 괜찮으십니까?"

아낙이 버선발로 달려나와 심 대인의 왼팔을 붙들었다. 하지만 심 대인은 일어설 생각이 전혀 없는 듯했다. 그의 왼손엔 여전히 무명 손수건이 쥐어져 있었다. 마루에서 흙바닥으로 굴러떨어지는 순간에도 그 주먹을 펴지 않은 모양이다. 극심한 통증이 몰려오는 듯 심 대인의 얼굴이 흉하게 일그러졌다. 그리고 그예 울음이 새어 나왔다.

"끄으으흑! 미안하다, 미안하다 미안해. 내가, 내가, 내가 죽일 놈이다. 널 그리 보내면 아니 되는 일이었는데, 무슨 일이 있어도 내가 널 지켜 주었어야 하는데, 청이 널 최 서방 그 작자한테 떠맡기지 말고 끝까지 내 곁에 두었어야 하는데…… 내가, 이 못난 오라비가 그 약조를 지키지 못하였구나……."

심 대인이 눈물을 흘린다. 뺑덕이 눈물을 흘린다. 마흔 해 긴 세월을 누르고 눌러 온 피눈물이었다.

넝쿨내 소리판

그로부터 일곱 해 뒤, 심 대인은 등주 장가방의 삶을 완전히 청산하고 약전현 그 집으로 돌아왔다. 어머니를 모시고 황망하게 도망길에 올랐던 그날로부터 꼬박 쉰 해 만의 귀환이었다.

이태 전 장가방의 안주인이던 아내가 세상을 뜨자, 심 대인은 기다렸다는 듯이 오래된 계획을 실행에 옮겼다. 장가방의 크고 작은 살림살이들을 정리해 장씨 성을 지닌 두 아들과 세 딸에게 다툼이 없도록 물려주었다. 본디 장씨네 소유였으니 장씨에게 돌아가는 것이 마땅하다는 게 심 대인의 일관된 생각이었다. 다만 평양의 유봉헌만은, 지금은 대행수가 된 우충석의 몫으로 남겨 두었다. 대를 이은 충성에 대한 보응인 셈이었다.

이제 심 대인은 어린 총각 아이 하나만 데리고 약전현의 낡은 와가를 지키고 있다. 늙고 병든 외조부가 하루아침에 사라진 외동

딸과 외손자를 이제나저제나 기다리다 세상을 뜨고, 끈 떨어진 뒤 웅박 신세의 청이가 돌아올 기약조차 없는 무정한 오라비를 기다리다 눈감은 그 집이다. 어느덧 칠순을 바라보는 심 대인이 이 집에서 기다릴 수 있는 거라곤 그리운 이들 곁으로 돌아갈 날뿐이다.

"종덕아."

"예, 어르신."

"녀석, 이제 아버지라 부르래도……."

"송구합니다요, 어르신. 그게 좀처럼 입에 붙질 않아서요."

올해 나이 열일곱인 종덕은 우충석의 막내아들이었다. 아들을 다섯이나 둔 우충석은 피붙이 하나 없는 조선 땅에서 외로이 말년을 보내게 될 자신의 주인을 위해 종덕을 딸려 보냈다. 처음엔 한사코 사양하던 심 대인도 우충석의 강권을 끝내 뿌리칠 수가 없었다. 앞으로 종덕은 심 대인의 남은 날들을 곁에서 지킬 것이고, 심 대인이 이승을 하직한 뒤에는 그의 무덤을 살피고 제사를 모실 것이다. 심종덕이라는 이름으로.

"여주댁은 어찌 지내고 있을꼬?"

마루에 걸터앉은 심 대인이 빈 하늘을 멍하니 바라보며 혼잣말을 하듯 내뱉었다.

"아, 아버님께서 집도 마련해 주시고, 참한 계집종도 붙여 주셔서, 편히 잘 지내고 있습니다."

"먹을거리는 모자라지 않을꼬?"

"달포 전 소인이 쌀 두 섬 넣어 드리고 왔으니, 염려 놓으셔도 됩니다."

"그래도 언제 아쉬운 게 생길지 모르니, 그 계집종한테 돈푼이라도 쥐어 주고 오지 그랬누?"

"예, 그리 하고 왔습니다, 아버님."

"그래, 종덕이 네가 참 잘하였구나. 한데……"

요즘 들어 심 대인은 부쩍 기력이 쇠하였다. 이따금 기억이 가물가물하기도 한다. 사람 이름이 잘 떠오르지 않는 것은 물론이요, 때로는 바로 엊그제 겪은 일조차 새하얗게 지워지기도 하는 것이다. 지금 종덕과 나누는 대화도 사실은 처음이 아니다.

"그 계집종은 믿을 만한 아이인 게냐?"

"소인의 아비가 직접 천거한 아이이니, 마음 놓으셔도 됩니다."

"자네 아비? 오…… 평양 우 행수가 손수 골라 보낸 아이라고? 그럼 더 볼 것 없지. 염려 붙들어 매도 되겠구먼."

종덕의 대답과 심 대인의 반응 역시, 심 대인에겐 처음인 듯하겠으나 종덕에겐 익숙한 것이다. 종덕은 생각했다. 아무래도 어르신께 시원한 바람이라도 좀 쐬어 드려야겠다고.

"저, 아버님. 요 아래 넝쿨내[49]에 나들이라도 좀 다녀오시지요?"

"넝쿨내? 거기 무에 볼 게 있다고."

이야기, 소리로 되살아나다

"오늘 거기서 광대패들이 놀이판을 벌인답니다."

"놀이판? 그럼 혹시 소리광대도 나오려나?"

"물론이지요. 그 광대패에 앳된 처녀 소리꾼이 하나 있는데, 그 아이의 창이 어찌나 애절한지 듣는 이의 애간장을 살살 녹인답니다."

"허허허, 나이 어린 네가 벌써 소리 듣는 귀가 열린 게냐?"

"그건 아니옵고, 사람들 하는 말이······."

"그래? 그렇담 어디 한번 슬슬 내려가 볼거나."

"예, 어르신, 아니······ 아버님. 제가 모시겠습니다. 아마 지금쯤 놀이판이 한창일 겝니다."

놀이판이 벌어진 곳은 넝쿨내 동편의 널찍한 모래밭이었다. 이따금 큰물이 지면 성난 냇물에 속절없이 삼켜지지만, 평소엔 눈부신 은빛 속살을 자랑스레 드러내고 있다. 그곳에 이미 족히 백 명은 넘어 보이는 구경꾼들이 둥그렇게 둘러앉아 있었다. 그네들의 눈길은 동그라미의 한가운데에 서 있는 계집아이에게 쏠려 있었다.

심 대인은 종덕의 곁부축을 받으며 한 발 한 발 조심스레 이교(泥橋)를 건넜다. 굵은 통나무를 엮어 뼈대를 세우고, 짚과 진흙을

---

49 **넝쿨내**: 북한산에서 발원하여 서울역, 용산을 거쳐 한강으로 흘러드는 하천이다. 냇물 주변에 넝쿨이 우거져 넝쿨내. 한자로는 만초천(蔓草川)이라 불렸다. 1957년부터 복개 공사를 벌여, 지금은 하천의 모습을 찾아보기 어렵다. 청계천의 경우처럼, 넝쿨내도 복원하자는 시민운동이 진행 중이다.

섞어 다진 흙다리다. 약전현 사람들이 넝쿨내를 건너려면 꼭 지나야 하는 다리다. 심 대인은 주춤주춤 발을 옮기면서도 눈길은 그 계집아이를 향했다. 노랑 저고리에 다홍치마를 곱게 차려입고 왼손에는 접부채를 쥐고 있었다.

'종덕이가 말한 처녀 소리꾼이 바로 저 아이인 게로군.'

흙다리를 넘어온 심 대인과 종덕은 무리가 모여 있는 곳으로 다가갔다. 심 대인은 구경꾼들이 만든 원의 가장자리에 서서 눈을 지그시 감고는 처녀 소리꾼을 살펴보았다. 열대여섯 살쯤 먹어 보이는, 곱상하면서 어딘가 맵찬 기운이 느껴지는 아이였다.

순간 심 대인의 얼굴에 묘한 웃음이 번졌다. 오십 년 전, 도화동 황주천변에서 처음 마주친 청이의 얼굴이 처녀 소리꾼의 얼굴 위에 덧씌워진 탓이었다.

"아버님, 여기 좀 앉으시지요?"

어느새 종덕이 모래바닥을 평평히 고르고는 준비해 온 짚방석을 깔아 놓았다.

"어, 그래, 고맙구나."

심 대인은 종덕의 부축을 받으며 엉거주춤 앉으면서도 처녀 소리꾼에게서 눈을 떼지 못했다. 당돌한 눈매로 좌중을 휘 둘러보던 처녀 소리꾼이 다소곳이 입을 열었다.

"오늘은 제가 스승님께 새로 배우고 있는 '심청가'라는 노래의 한 대목을 풀어 보겠습니다. 심청이란 처자가 장님 아비의 두 눈을 뜨게 하려고 공양미 삼백 석에 팔려 갔다가는, 끝내는 황제의 마누라가 되어 아비와 재회한다는 이야기올습니다."

순간 심 대인은 자신의 귀를 의심했다.

'심청? 지금 저 아이가 심청이라 하였는가?'

그저 이름을 듣기만 하였을 뿐인데도, 심 대인은 정신이 아득해졌다.

"제가 지금 들려 드리고자 하는 대목은 심청 황후가 맹인 잔치를 벌여 아비와 상봉하는 장면입니다. 사실 제 스승님께선 워낙에 연로하셔서 이미 두어 해 전부터 앞을 못 보십니다. 돌아가시기 전에 단 하루만이라도 우리 스승님의 두 눈이 밝아지기를 천지신명께 간절히 구하오며 소리를 시작하겠습니다. 아직 제대로 여물지 못한 소리인지라 귀에 거슬림이 많겠지마는, 부디 어여삐 여겨 주시기 바랍니다."

그제야 심 대인은 어찌된 영문인지 알아차렸다는 듯 가만히 고개를 끄덕였다.

소리는 살아 있다

이윽고 처녀 소리꾼의 입에서 진짜 소리가 흘러나온다. 심 대인은 물론이요, 온 좌중의 눈과 귀가 소리꾼한테로 쏠렸다.

그럭저럭 맹인 잔치도 마지막 날이 되었던가 보다.
심청이가 애를 태우며 이리 두리번 저리 두리번 한참을 살피는데,
저만치에 낯익은 얼굴 하나가 눈에 띄것다.
"여봐라, 저기 저 맹인, 자식이 있는지 없는지 낱낱이 살피어라."
심 봉사 '자식'이란 말 듣더니만 먼눈에서 눈물이 뚝뚝 떨어지며,

곁에 앉은 이에게 이야기하듯 조곤조곤 이어지던 사설이 돌연 가락을 타면서 창으로 바뀐다.

"예예예예, 소맹이 아뢰리다.

예이, 황주 땅 도화동 소맹 심학규 아뢰리다.

태어난 지 칠 일 만에 어미 잃은 딸자식

동냥젖 먹여 가며 겨우 겨우 길러내어 십오 세가 되었는데,

효심이 깊고 깊어 애비 눈 뜨인다고

공양미 삼백 석에 꽃다운 몸 팔려 가서

인당수에 제물로 빠져 죽은 지가 삼 년이요.

눈도 뜨지 못하옵고 자식 팔아먹은 놈이

세상 살아 무엇하오리까. 어서 당장 죽여 주시오."

심 봉사의 넋이라도 쐰 듯, 처녀애의 목에서 애절한 노래가 흘러나온다. 노래는 또 한 번 몸을 뒤집어 급물살을 탄다.

심청이 이 말 듣고 버선발로 우르르르 달려 나와 심 봉사 목을 안고,

"아이고, 아버지! 여태 눈을 못 뜨셨소? 인당수에 빠져 죽은 청이가 돌아왔소. 눈을 떠서 날 좀 보오, 아버지 딸 심청이오!"

"뭣이라고? 죽은 내 딸 청이가 살아 돌아왔다고? 이것이 꿈이냐 생시냐? 꿈이거든 깨지 말고 생시거든 어디 보자. 어디 보자, 어디 좀 봐, 내 딸 청이 얼굴 좀 보자."

청이를 붙들고서 두 눈을 꿈쩍꿈쩍하더니만, 심 봉사 감긴 눈을 이내 번쩍 뜨는구나!

어느덧 심 대인의 눈앞에 황후의 성장을 차려입은 청이가 추레한 복색의 늙고 지친 아비를 얼싸안는 그림이 생생하게 떠오른다. 청이의 눈에서 눈물이 흐르고, 아비의 눈에서도 눈물이 흐른다. 그리고 그 순간 아비의 젖은 눈이 번쩍 뜨이는 것이다.
"오오, 그래, 그리 된 게로구나. 잘 되었다. 참으로 잘 되었어, 청아……."
혼잣말로 중얼거리는 심 대인의 눈에도 눈물이 그렁그렁하다.
그사이 처녀 소리꾼은 목을 한 차례 가다듬고는 다시 차분하게 사설을 이어간다.

심 봉사 눈뜬 바람에 만좌 맹인과 각처에 있는 천하 맹인들이 모두 일시에 눈을 뜨는디, 만좌 맹인이 눈을 뜬다. 만좌 맹인이 눈을 뜰 제 전라도 순창 담양 세갈모 띄는 소리라. 짝짝짝짝 허더니마는 모두 눈을 떠 버리는디, 석달 열흘 큰 잔치에 먼저 와서 참례하고 내려간 맹인들도 저희 집에서 눈을 뜨고, 병들어 죽게 되어 부득이 못 온 맹인들도 집에서 눈을 뜨고, 미처 당도 못한 맹인들도 도중에 오다 눈을 뜨고, 천하 맹인이 일시에 눈

을 뜨는디,

마지막 마디에 힘을 주어 솟구친 노랫가락은 거칠 것 없이 들판을 내달리는 조랑말처럼 넝쿨내의 너른 모래밭에 휘몰아친다.

가다 뜨고 오다 뜨고, 서서 뜨고 앉아 뜨고, 실없이 뜨고 어이없이 뜨고, 화내다가 뜨고 성내다가 뜨고, 울다 뜨고 웃다 뜨고, 힘써 뜨고 애써 뜨고, 떠보느라고 뜨고 시원히 뜨고, 일하다가 뜨고 앉아 놀다 뜨고, 자다 깨다 뜨고 졸다 번뜩 뜨고, 눈을 끔쩍거려 보다 뜨고 눈을 비벼 보다 뜨고, 여하튼 맹인이든 봉사든 소경이든 장님이든, 산짐승에 들짐승 날짐승에 길짐승, 심지어는 저 수중국의 눈먼 물고기들까지 모조리 눈을 뜨는 것이렸다.

노랫가락이 어찌나 빠르고 흥겨운지, 그 노래를 듣고 있노라면 참으로 천하 맹인이 죄다 눈을 뜨고 오래전에 눈감은 무덤 속 주검들까지 눈을 뜰 듯했다. 어느새 심 대인은 손등으로 눈물을 훔치고는 벙싯벙싯 웃는다. 사람을 울리고 웃기는 처녀 소리꾼의 재주가 신통하기 짝이 없다.

얼씨구나 절씨구 지화자 좋을씨고.

> 죽은 딸이 돌아오고 두 눈까지 밝히 뜨니,
> 세상에 이보다 더 기쁜 일이 어딨을꼬.
> 심청이 어진 마음으로 세상 맹인 모두 눈을 뜨니
> 얼씨구나 절씨구 얼씨구나 절씨구나 얼씨구 절씨구 좋을시고.

한바탕 소리를 마친 처녀 소리꾼이 치맛자락을 살포시 들어올리며 좌중을 향하여 고개 숙여 인사한다. 여기저기서 요란한 박수 소리와 함께 엽전들이 한 닢 두 닢 쏟아진다.

구경꾼들이 어지간히 흩어진 뒤, 잠자코 있던 심 대인이 왼쪽 소매에서 쌈지 하나를 꺼내 종덕에게 건네며 말했다.

"이걸 저 처녀 소리꾼에게 전해 주어라. 늙은 스승님 약값에나 보태라고……."

종덕은 잠시 고개를 갸웃하긴 했지만, 아무런 군말 없이 심 대인의 지시대로 행했다. 쌈지를 풀어 본 처녀애의 눈이 화등잔만 해졌다. 그도 그럴 것이, 쌈지에 든 것은 무려 천은 열 냥, 쌀 열 섬에 해당하는 거금이었으니 말이다.

그날 밤, 심 대인은 모처럼 단잠에 젖어들었다.

열여덟 푸르싱싱한 병덕은 시방 사모관대 갖추어 입고 초례청에 서 있다. 그 맞은편 새색시 자리는 연지곤지 찍고 꽃단장한 열다섯 살 청이다. 청이 아버지는 밝은 두 눈으로 외동딸의 혼례를 지켜보고 있고, 그 오른쪽엔 청이 어머니로 보이는 단아한 여인이 함박웃음을 짓고 있다. 병덕 어머니도 예전의 부잣집 안방마님 차림새이고, 아버지와 병욱 형님도 말쑥하게 빼입고는 연신 싱글벙글 웃음을 흘린다.

이제 집례자의 지시에 따라 신랑신부가 교배례를 한다. 청이가 먼저 두 번 절을 하니 병덕이 한 번 답절을 하고, 청이가 다시 두 번 절을 하니 병덕이 또 한 번 답절을 한다.[50] 그런 다음 둘이 초례상을 사이에 둔 채 서로 마주보며 앉는다. 예식을 돕는 시자가 병덕과 청이에게 표주박[51]을 하나씩 건네고 거기에 맑은 술을 따라 준다. 병덕은 자신의 잔을 위로 내밀고 청이는 자신의 잔을 아래로 내밀어, 서로의 술잔을 맞바꾼다. 그리고 한 방울이라도 흘릴세라 조심스레 술을 마신다. 술잔을 비운 청이가 고개는 숙인 채 눈만 슬며시 치떠 병덕의 표정을 살핀다. 그 하는 양이 어찌나 어여쁜지, 병덕의 가슴이 주체할 수 없이 설렌다.

심 대인은 생각한다.

---

50 이렇게 하는 것은 음양설에서 여자(음)의 수는 짝수요, 남자(양)의 수는 홀수이기 때문이라 한다.
51 **표주박**: 조롱박이나 둥근 박을 반으로 쪼개 만든 작은 바가지. 전통 혼례에서 표주박 술잔을 쓰는 이유는, 본래 하나였던 몸이 둘로 나뉘어 살다가 혼례를 통하여 다시 한 몸으로 합쳐짐을 상징한다.

'비록 꿈이어도 괜찮으니, 이대로 영영 깨어나지 않으면 좋겠구나.'

뺑덕의 사랑

초판 1쇄 발행 2025년 6월 30일

지은이 정해왕
기획 김민호 | **편집** 김민기
기획위원 만만필 | **디자인** 이선영
종이 다올페이퍼 | **제작** 명지북프린팅

펴낸곳 초봄책방
출판등록 제2022-000040호
주소 경기도 파주시 가온로 205, 717-703
전화 070-8860-0824 | **팩스** 031-624-8894
이메일 chobombooks@hanmail.net
인스타그램 @paperback_chobom

ⓒ 정해왕, 2025
ISBN 979-11-94847-00-7 (43810)

* 이 책의 전부 또는 일부를 이용하려면 반드시 저작권자와 초봄책방의 서면동의를 받아야 합니다.
* 책값은 뒤표지에 있으며, 잘못 만들어진 책은 구입하신 서점에서 바꿔드립니다.